飘浮的地址

2010—2020 凌越诗选

凌越 —— 著

北京联合出版公司
雅众诗丛·国内卷

雅众文化 出品

目 录

辑一 夺取过去

暴风雨 3

我不熟悉灾祸 4

浅显的词语带来安慰 6

苔丝狄蒙娜和考狄利娅 7

你被梦魇推下枕头 9

在两个睡眠之间 10

幻觉占了上风 11

记忆挥霍奇异的画面 12

这灰霾统治的空气模糊一片 14

我在大地上横冲直撞 16

此刻在疑惑里生根 18

开往辛亥年的火车 19

夺取过去 22

我打开窗户 23

这一切始于厌倦 26

欢快的厨房　27

街道在雨雾和灰霾的蹂躏下　28

请转身投入声音的色情和狂野　29

在回南天的潮气和压抑中　30

寂静竖起高墙　31

我怜悯今天的富足和平静　33

以神圣的恐惧作为家园　34

车窗捕捉五月黑色的麦地　35

帕夫雷什中学　36

天空无所不在　37

窗外的荒草和灌木瑟瑟发抖　38

我徜徉在林荫道中　39

躯体何以支撑起白昼的重负　41

从夏天的东乌珠穆沁草原　42

与其接受生活的洗礼　43

空洞的美景　44

裁决杉树的浓荫和内心的阴郁　45

我见过高空中疾驶的巨轮　46

这是馈赠——　47

马西亚斯，吹起你尖锐的长笛　48

将漫天的星斗一饮而尽　49

眼神闪烁的天空　51

马雅可夫斯基在特维尔大街普希金纪念碑前　53

钢丝艺人　56

夜空有着桶箍般的拘谨　57

万有的激情裹挟我　58

汽车的引擎颤动 60

幸福封住我的口 61

闪亮的雨滴为我送行 63

失眠的苦役寻获我 65

天空的深渊倒扣在午夜的城市 67

下午有一个怠惰的梦境 70

在早年快乐时光的衬底上 71

我的诗行如何寻获明亮的方向 72

我无从为他人祈祷 73

辑二　田野在晨曦中起立

我在找寻那唯一的听者 77

巨大的不对称的激情虏获我 79

眺望 82

时光在字句里隐没 83

在骑楼的阴影里编制竹器 84

商场巨大的嘴巴吞噬行人 86

栾树灿烂的树冠引领我 87

水闸使河流的思想朝向内心 88

建筑物隆起如同城市泛滥的皮疹 89

光线倾洒在我头顶 90

我歌唱步履蹒跚的人 91

我喜欢荒凉的东普鲁士平原 92

笑是悲伤的倒影 94

那里有我不认识的机床　96

我不熟悉黑夜　97

仰望蓝天　98

在浓荫上调色　99

铜官山　100

激情褪去　101

孤岛在等待一对翅膀　102

没有新的命运　103

少女窃窃私语　104

簇新的痛感向你打开　105

拱形门廊摄取静谧的风景　106

青砖宿舍楼间的草坪绿如梦境　107

一年始于十一月　108

中药罐静立在煤气灶台上　109

憎恨、狂喜和热爱　110

世界再次关闭自己的门径　111

临海客栈被推土机碾成废墟　112

缪斯无与伦比的眷属　113

需要一个词撬动早晨的沉寂　115

赐给我一行诗　116

秋日的明朗不曾放过我　117

阴郁的秋日　118

红色鲸鱼在空中翱翔　119

月亮金色的下巴　120

时间独自估量　121

上天的漏斗任其滑落　122

没有鸽子盘旋　123

按响大地的琴键　125

午间风景　126

芒果树落满灰尘　127

缪斯的使者　128

我不跨过自己的地盘　129

高挂的城徽　131

女邻居　134

辑三　天空深处没有波澜

烈日暴晒夏季　139

我的画架　140

公共汽车怒气冲冲　142

江南的暑热蒸发弯曲的梦境　144

一场迟迟未醒的梦　146

天空深处没有波澜　147

时间的残渣　149

晨光将我轻轻放下　151

把别人舍弃的给我　152

时间的车辇停靠在童年的泉眼旁　153

冗长的独白已近尾声　154

天空倾倒夜色　156

哈弗尔河边一座无名士兵墓　158

梦的投石器砸中的人　160

雨丝穿透芒果树冠　161

词语掉在纸上　162

拉大提琴的姑娘　163

骤雨中的父与子　165

徽　州　167

百老汇塔　168

肃穆的教堂尖顶掌管天空　170

去罗素故居　172

佩恩斯威克　174

伯克利城堡　176

斯特劳德　178

博物馆里的蓝鲸　180

邱园里的中国塔　182

我们挥洒汗水和四季　184

铁轨在月光下闪着寒光　186

钥匙在锁孔里转动　188

"对于你，那里如同月球。"　190

我是音乐沙龙里正襟危坐的贵妇　192

大地千疮百孔　195

亚洲，辽阔又脆弱　201

我终日躺在弹簧外露的旧沙发上　203

撕开苍穹　205

朝北的路上　206

光滑的大理石倒映你的娇躯　208

完全的自言自语　209

夜晚从黏稠的黑暗里　210

词在意义的终点分岔 211

俯身贴近万物 212

那句承诺像明晃晃的刀锋 213

一个在夜间赶路的人 214

你真是个怪物 215

大海，我的避难所 218

闷热的夏夜 221

外婆倚在门框上 222

窥视者挂在—— 223

我带来一群孩子 224

多么年轻的感慨 225

重返依拉草原 227

题一帧照片 228

辑一　夺取过去

暴风雨

暴风雨,被深埋的心狂野的饰物,
标明失窃的土地。
暴风雨,在你伟力的驱使下,往昔在皲裂。
多么丑陋的沟壑,
别想阻拦暴风雨的急行军。

暴风雨,对准呼救的窗户,
请释放你的雷霆。
人影在闪烁,有人大笑,有人诅咒。
暴风雨,言语失禁,倾泻而下。
去洗刷瑟瑟发抖的屋顶,
去洗刷人的胆怯和卑微。
老国王,我和你一样还有一颗不甘堕落的心。

暴风雨,一根闪电
在你的痛哭中欢快地舞蹈,
在你的灰幕中疾进的闪电多畅快。
把大地碾为灰烬吧,戕害与被戕害的被祝福。

2011

我不熟悉灾祸

我不熟悉灾祸,也不追逐死亡,
面对苦难,我并不施以援手,
面对欢乐,我也不再动容。
我看见,我记录,我呈现:
斗转星移,草木荣枯,
我以漠然对抗天地的无情。

长满覆盆子的山坡上人影闪烁
一个女人向我走来又走远;
闹钟在黑暗的屋子里局促地前行,
梦魇在虚空里蒸腾如袅袅青烟。
——我记录,我呈现。
我不去探究其中的深意,
就像世界不曾在意过我。
笔触在纸页上滑动,多愉悦,
手指在键盘上敲击,像跳舞。

我赋予"看"绝对的权威,
以心灵那破碎的镜子,
以四季循环的伟力。
万物在眨眼的瞬间更换了装束。
视野潮水般涌向前方,

裹挟着失败者的泥土和思想
——你们太狂妄,竟想着改变?

请将阳光的蜂蜜倾注我的文字,
我是这戏剧欣慰的旁观者,
让它为自己的命运啜泣,
让它脱离它的寄主而闪耀,
被动之物的光华将长久驻留,
——仅仅为了美。

        2011

浅显的词语带来安慰

浅显的词语带来安慰,
思维的暗夜傻乎乎守护着梦境。
道路通向疯狂的天空,
诗人的命运在大地沉闷的朗读中降临。

我不想被幻觉迷惑,
但在散发着芳香的小径上,
难免和它擦肩而过。
搂着它的肩膀吧,触觉要靠谱些。

用掌心的老茧抚平想象的褶皱,
越深入越清晰,请保持句子两翼的优雅。
词语多快乐,从诗人的叹息里涌出,
像一群野蛮的男孩。

2011

苔丝狄蒙娜和考狄利娅

苔丝狄蒙娜和考狄利娅,你们多么美。
你们是汲取善良的根茎,
你们蓝色脉管里的血液,涌流着
催生悲剧绚丽的花蕾。

你们柔美的发丝装饰着苦难,
你们清澈的眼眸招致嫉妒和仇怨。
这是什么世道?
美被用来作为丑恶的花环。
这是什么逻辑?
美丽的女人却成为饕餮之徒的盛宴。

老国王仰天怒吼,
声音里夹杂着你们嗓音的蜜糖,
他呼唤着风雨雷电,在荒原上为你们起舞。
你们临终前的一吻,
让摩尔人椎心的疼痛,
并以自戕的勇气追赶你们的步履。
在死亡和卑鄙的夹击下,
你们愈发楚楚动人——被爱孤立。

苔丝狄蒙娜和考狄利娅,

你们就是悲剧之花。
你们在舞台上倒伏的娇躯,
就是凡尘向上攀爬的阶梯。
践踏吧,流泪的观众,
你们将在一丝野蛮的快意里
看见背负苦难的天使正踽踽独行。

          2011

你被梦魇推下枕头

你被梦魇推下枕头,像是掉落悬崖。
你的头不能转侧,你被迫盯着窗外的街景:
十分钟后,窗棂勾勒的静物画开始走动,
慌慌张张的少年低头闯进教室,
童年的发辫和花棉袄令你蒙羞。

脖颈里的针尖刺痛你——多有力!
暴力簇拥你——多亲热!
你从未领受命运的奖赏,
时间的悲哀抓住凌乱的发丝,
拖拽着你的诗句下沉。

你在百佳超市购物,
你在傍晚的珠江边散步,
你在深夜继续那未竟的睡眠——磨牙、打呼,
生活琐碎、平凡,将它的根茎插入梦境,
而诗用你的血液刮起风暴,一刻不停。

2011

在两个睡眠之间

在两个睡眠之间,梦合拢羽翼。
阳光捋开清晨的发丝,
透过铝合金窗口,
熟悉的决断又传递给书堆里的文学青年。

敲击键盘的声音犹豫不决,
文字像蚕缓缓吐出梦的纬线。
一颗臣服于技艺的心不再为愤怒所驱使,
它变得沉静、冷漠——更具杀伤力。

我睡不着,我顺手摸到佩索阿的诗集:
"思考别人不快乐的人是多么快乐!"
我朗读这句诗,就像服用安定——
慈祥的睡眠,请施展你的魔法。

2011

幻觉占了上风

幻觉占了上风,
忧郁悄悄折叠。

我试着拉一下琴弓:
世界为之震颤。

女主角从幕布里探出头,
一阵微风吹平时间的皱褶。

谦逊的尘埃建筑幻觉的大厦,
我四处奔波,抵不上这一秒钟的静思。

眼睛收集到的群山和海洋,
收缩为一颗露珠。

像甲虫滑动在毛玻璃上,
身体的纯真苦涩地平息。

苦难绽放微笑,
眼中的形象不再朝着过去更迭。

2010

记忆挥霍奇异的画面

记忆挥霍奇异的画面,
随人世远去的河流无谓地激荡。
要穿过多少陋巷才能抵达你?
旅程激励逐渐止息的心。

在低矮的门楣下窥探屋内的神龛,
在黎明的街道上辨认小旅馆黯淡的招牌。
恍然置身于冬日荒凉的田野,
——庄稼生硬的茬直愣愣戳向天空。

物象置换体内的流浪,
走得再远也不忘此世的提醒。
道路牵引我的脚步,
背对苍天,不再掩饰睡袍下的翅膀。

驾着长天到达无人之境:
草原腹地的小镇,
成排宰杀的羔羊倒挂在屋檐下。
天鹅湖边的客栈,不过是一个简易集装箱。

像用力投掷一个石块,将自己甩出去,
请上苍接住这个不再诅咒的人——

他解开汗湿的衣衫:
浑身的污垢辉煌地燃烧。

2010

这灰霾统治的空气模糊一片

这灰霾统治的空气模糊一片,
老板的叫嚣消失在空荡荡的楼道里。
垃圾桶里的剩菜残羹,废纸和污水,
浸泡着生命的残渣。
拖把亲吻大理石地板上斑驳的污迹。
当我擦拭着玻璃幕墙,
从它的反射中,我认出这个凶恶的世界。

我身着蓝色工装,
和精神萎靡的小职员不同,
我的眼睛牢牢附着在可见之物的表面:
办公桌、信笺、茶杯、电脑和别致的门把手。
我擦拭,一如羞怯的人反省自己的灵魂,
我擦拭,每一粒尘埃怀着眷恋,
隔着落地窗,我擦拭的动作像舞蹈。

会议室里,人们僵硬地端坐着,
当他们拿起电话筒,
生硬的口吻仿佛要拒人千里之外。
而我是遥远的同伙,打捞现实的幻象——
情话装订在册,声音变得遥远;
话语怎么变得如此隔膜,

拥抱淹没在伸懒腰的动作里。

跟我学,被领带束缚的肉体,
让我们重复"你好"或者点头致意。
——我何苦为语言的堕落发愁,
我清扫地面、桌面和体面,
并对身边之物怀有基本的善意:
——你好,世界!
——你好,上午和下午!

2010

我在大地上横冲直撞

我在大地上横冲直撞,
我的双腿追赶着高速列车,
在我身下,铁轨闪着寒光。
我张开双臂,几欲飞起,
苍鹰的翅膀拍打着上升的气流。
建筑的深渊里回荡着呼救声,
汽车眨巴着眼睛四处乱窜,
高架桥粗壮的手臂紧紧搂抱着荒城。
——这不是我的地盘,
我的歌声无处落脚,
我粗大的脚趾套不进这只绣花鞋。

我在大地上横冲直撞,
我是暴风雨,我是雄性荷尔蒙,
我是紧咬牙关的钳工。
风呼啦啦从耳边掠过,
我的身后万马在奔腾,
烟尘有如乌云笼罩着天与地。
恍惚间女人在向我招手,
荣誉在向我谄媚,
我用眼角的余光扫视,
我向着漆黑的夜猛冲,

哪有闲工夫整理皱巴巴的领结?

我在大地上横冲直撞,
我不是流浪者的知音,
也不是压抑已久的灵魂温度计。
我想要什么? 天空、田畴、墓地?
遥远的过去在铺设溃散的跑道,
我直接迈步到洪荒时代。
麦浪正掀起波澜,我急于摆脱城市的渊薮,
我走到哪里,夜的大旗跟到哪里。
虚空接纳我,温柔挟持我,
怯懦驱使我,我猛冲,
——冲向一片皱巴巴的渔网。

          2011

此刻在疑惑里生根

此刻在疑惑里生根，
阳光刷新每日的荒凉；
在灵魂对自身的审视里，
人的轮廓慢慢成形。

我招呼万物进到我的园地：
台灯、病历、药瓶、书籍和铅笔，
簇拥着——
将虚无的顶棚撑得更高。

时间漫长，足以供养
一个现世和一个来世。
崎岖的波纹涌向远方，
地平线张开双臂将我的有限纳入其中。

我在斗室里眺望：
盲目的记忆之车在陋巷里疾驶。
在生命永恒的限制里，
灵魂的囚衣找寻着肉体。

2011

开往辛亥年的火车

我是开往辛亥年的火车,
我在大地上粗野地漫游,
我代替疯狂扭动的百万条舌头在低吼。
我运载着士兵、商贾和官吏,
我把历史引入动荡和血腥的窄轨。
我在张灯结彩的正阳门车站目睹刺杀的爆炸,
我看见瘦小的官员倒伏在检票处旁的铁椅子上。

我打着响鼻,呼啸而来,
我是这大地的伤痕和疼痛。
我惊动了这埋葬尸骨之地的泥土,
我惊动了在夜间广大而凄凉的气氛里瑟缩的小镇。
我轰鸣着冲向繁星闪烁的黑夜,不真实的黑夜,
我在伴奏,而黑脸膛的火车司机在高声朗诵:
"路修远以多艰兮,腾众车使径待。
路不周以左转兮,指西海以为期。"

我是大地上永恒的桥梁,
我连接过去和现在,
我连接老迈的帝国和婴儿般孱弱的共和国。
我走到哪里,我的力量便嫁接到哪里,
山民、女人、拘谨的市民、吸食鸦片的瘾君子,

请跟我一起大胆吼叫,跟我一起放肆奔跑,
如雨的汗液将把你们洗浴为新人。
跑吧、跳吧,请追赶我铮亮的车轮。
——我培养积极的抗争。

我是开往辛亥年的火车,
我在咨议局热烈的争论中穿行,
我在死亡虚幻的激情中穿行。
我看见一张张麻木的被蹂躏过的脸庞,
我看见革命党人在呐喊,但听不见声音,
我看见总督府门前人民被排枪击毙,尸体累累。
我继续在上天的滂沱泪雨中穿行,
道路多么遥远而艰辛啊,
我是一个新手,但我有鲁莽的决不妥协的气质。

贫瘠而残酷的土地,
我将在你衣不蔽体的胸膛上流浪,
无论你是谁,请和我一起流浪,
大地永不疲倦,发亮的活塞永不疲倦,
矮墩墩的烟囱里冒出短促的烟。
携带着被压抑的力量和被戕害的美,
我们一起上路,树木为我们鼓掌,
荒野为我们铺下整洁的床单。
我们在昏睡中依然前行,
日月牵引着我——谁能阻挡秒针温柔的旋转?

我是开往辛亥年的火车,
我带着你从第一道曙光里醒来,
我热爱你懵懂的表情里隐藏的热烈,
我和你同样来自大地,在大地上工作、磨练。
我是开往辛亥年的火车,我也是那个勇敢的人,
请拉响尖锐的汽笛——
请和我一起呜咽、低吼和咆哮,
尽管悲伤,请和我一起找寻没有杀戮和谎言的国度。
我是开往辛亥年的火车,我是道路,我是人。

2011

夺取过去

夺取过去,阴影有力的臂膀在撕扯。
此刻即空白,必须以整个天地填充它。
从过去到此刻,屋檐下闪亮的雨水连缀其间。

夏日的蝉鸣,荒凉的钢铁厂,
外婆摇着蒲扇,从凉床上指给我看璀璨的星空。
簇新的世界随蹒跚的脚步而摇晃。

男孩扳动铆钉,任由小痞子游荡。
童年,因不能重返而变为乐园。
诗的养分将使它肥沃——从中长出现在和未来。

2011

我打开窗户

我打开窗户,放进一阵秋风,
整个夏季郁积的怒火找到了出口。
哦,颤抖的火苗,你就是我的写照,
没有人知道其中的详情,
它深藏在秒针从容不迫的行进中。
时间,丢给我阿里阿德涅的线团,
记忆的画面打了结:
灾祸和喜庆结盟,酣眠为梦魇侵入,
——这就是世界和人类媾和的法则吗?

女人退去,有如后视镜里倒伏的树木,
我踏上中年的门槛,仍旧和自己的影子相伴。
我不得不说,我已经爱上天地的囚笼。
美景,我领略过;快乐,我淡忘了。
我沉思的额头抵着秋天清凉的玻璃,
但我并没有陶醉,那太轻佻,
清醒——请走开;
智慧——不过是骗人的把戏。
我目不斜视,全心全意转动着生命的车轮。

飞逝的年华,虚幻之美,
鼓励我投身堂吉诃德的阵营。

地平线优美、明亮,但没有风车赋予行动的勇气,
就会堕入平庸的慨叹。
我经历过侮辱、失恋和争斗,
我像每个人那样历尽沧桑——日月在眼前运行。
我是否有把握校直生命之路?
或者为痛苦开一剂良方?
神秘的面纱始终遮住我的视野,
——我是幻影的目标。

毫无新意的装束,毫无新意的人世,
我为何仍然眷恋?
情感的余烬起死回生,
伦理的木偶线捆住我的身体。
我高举起手臂,
我搅乱星空的棋局。
我和往事的缘分已尽,
从此,我要追寻语言的历险。
重来吧,再次为我注满汽油,
我要燃烧,世界哗哗剥剥地坍塌。
一个新人,不幼稚也不娇嫩,在火光里诞生。

夜晚一遍遍盖上遮羞布,
我如何摆脱厌倦的纠缠,
我如何防止从意识的悬崖滑落。
生活的剧目一成不变,
多少事情,多少苦痛失去效用。

我只得求助于"艺术",
旋律会接受喧嚣的散兵游勇,
韵脚绵密的线头会制服暴力的冲动。
胡言乱语被勒令归队,
诗句柔软的触手,稳稳接住坠落的天穹。
我从"现实"撤离,
让琐碎的生活效仿词语的坦荡。

           2011

这一切始于厌倦

这一切始于厌倦。
把身体埋入灵魂的痉挛,
窥探,以震颤的血脉,以全部的热情。
为了新奇的文字,
我来到时间的膝下。

孩童的欢笑回到耳畔,
雪夜里小诊所的灯光又将点燃,
疾病甜美,少女成长为襁褓里的婴儿。
时光隧道在诗行的田垄间伸展,
我向前迈进,故意将脚踏进韵律的陷阱。

2012

欢快的厨房

欢快的厨房,日常生活辉煌的歌剧院:
排气扇呼啦啦唱着粗鲁的歌,
碗碟合唱团骄傲地列队,以釉的虔敬。
角落里,料酒干脆灌醉了自己。

油瓶抹着肮脏的嘴,满不在乎,
用生粉涂抹鸡块,用小葱染绿豆腐。
揩揩手,清清嗓子,
哦,锅碗瓢盆,请看诗人如何烹饪语言的菜肴。

鸡蛋摔碎在碗底,多骁勇;
罗氏虾从水池里跃起,向往自由;
鸡比菇闷声不响,沐浴从窗棂挤进来的夕光。
丰盈的意义被静默赐予。

系着围裙的诗人,手忙脚乱,
寻找"永生"这个词时碰灭了煤气,
——淡淡的腥味,死亡的气息,
从没有远离我们,哪怕你在做顿便饭或者写首小诗。

2012

街道在雨雾和灰霾的蹂躏下

街道在雨雾和灰霾的蹂躏下
化为痛苦的低吼,
篮球场上的水渍闪着不连贯的光芒,
阳台上,保暖裤在寒风中瑟缩,
姣好的面容被漆黑的夜空彻底吸收,
——好一张被遗弃的地狱之页,
悬挂在睡眠的入口:
恐吓大地,恐吓租来的命运。

多僵硬——我们在阅读时清晰的意识,
我们在字句里隐藏的沟渠,
运载多少蹒跚的祈福。
我不能等待,我起身拥抱羞辱,
我是沉默的主人,绘制恐怖的画卷。
艺术派发苦难,犹如魔术师派发扑克牌。

2012

请转身投入声音的色情和狂野

别理我！请转身投入声音的色情和狂野，
在尖叫中，狂喜的五官拼凑出痛苦的神情。
黑夜之手抚慰你——
孩童无知的形象绽放在黑夜的瞳孔里。

沉沦伴送振作，天空迅速闪回，
置身于宇宙的监牢，多安逸！
时钟的发条暗中抽紧，
在肉体的峡谷中，你边喘息边疾走。

2012

在回南天的潮气和压抑中

在回南天的潮气和压抑中,
女诗人开始显露坚毅的脸庞。
她接受死神的邀约,
她和卧室里的鬼魂嬉戏,
而文字作为梦的引见,
将她送至苍穹的顶点。

她朗诵诗歌——
苍蝇的嗡嗡声在配乐,
在水汽模糊的镜子里,
死亡过滤痛苦的形象。
哦,冠冕,找寻瘦小的女人,
下流的夕光倾泻在哀悼者身上。

2012

寂静竖起高墙

寂静竖起高墙,
被按住的雷霆开始从心底攀援,
以窥探生活那刚露头的真谛。

整个冬天辉煌的寥落,请上演,
请接纳爱情那窸窸窣窣的耳语,
请接纳这世间茫然的尘嚣,
在草叶的间隙,
在心灵秘密的田垄里。

波光如绸缎
在水面舒展着身姿,
青山驯顺地卧于水中。
爱人,你的面容隐没于冬天的风,
你的叹息深埋于竹林深处鸟儿的呼应。

竹排轻推波纹,
青山一阵战栗,
——臣服于静谧改变世界的伟力。
而我要潜入你夜之倒影里,
我知道悲伤的背面,
其实是迹近漠然的幸福。

我知道你清澈的河床上
是爱和恨嬉戏在一起的倒影。

凝滞的时间的缰绳
将我们拴在一起,
眼光交会构筑的拱桥
深深扎根于生活的底座,
——它将生长为彩虹,
在喜悦和痛苦的淬炼下。

2011

我怜悯今天的富足和平静

我怜悯今天的富足和平静。
记忆失去主人,
册页散乱,一点点垒砌你的面容。

被农贸市场中的孤独燃尽,
向夜空里嘲讽的星象疾驰,
——我埋葬爱情。

爱情,堵在喉咙中的话语。
倾诉为它立起荒野中的墓碑。
我宁愿是——"我不爱你。"

声音带着祈求秋天绽放的疲惫。
两扇门,你是中间凹陷的路。
——我怜悯今天的富足和平静。

2012

以神圣的恐惧作为家园

以神圣的恐惧作为家园,
我不曾摆脱我的命运。
以星空随意的涂写,
我辨认温柔的心灵的语言。

你若惆怅,它的利爪
就会紧紧抓住你抖颤的肉体。
它打开你的胸腔,
随意翻找着荣誉被毁弃的徽章。

以脉管里涌流的血液,
喂养这些嗜血的冷酷的词语。
以房间里熄灭的灯盏,对应星空的秩序,
以一只飞鸟的喜悦,我经受思想的酷刑。

2012

车窗捕捉五月黑色的麦地

车窗捕捉五月黑色的麦地,
烟灰缸胡子拉碴,尘嚣收拢在睡眠里。

地平线拼凑记忆,
车厢摇晃着,你救出一本相册。

烟蒂忽明忽暗,高速列车驰往夜空,
带领眼屎糊住视线的男孩。

用双手捧起早年的星宿——
多么年轻,外婆五十岁时的容貌。

2012

帕夫雷什中学

这乌克兰乡间大地的徽章,
佩戴云朵和红领巾。

葡萄园的浓荫,在少年的心思里化不开,
火苗隔着秋雨闪烁。

请朗读——远处汽车修理厂的喧嚣,
请朗读——第聂伯河沿岸土地的沉默。

放大痛苦的蕾丝花边,
美蔑视恶,而恶在戏弄胸口的卫兵。

美是镇静剂,不必畅饮。
随我缓行在这橡树林的行刑队列中。

这教育学的栅栏,在晨雾里搭建;
一截干枯的苹果树枝,搀扶老校长。

2012

天空无所不在

天空无所不在，黑夜只是假寐，
从这朵静止的云中诞生，
我贪婪地呼吸，激烈地咳嗽，
生命的囚衣从未合身。

柔软的视线拽着我，
秋日降临，堕落之美在旋转。
谁能将我带出肉体的藩篱？
我不能听任我的心裸露在战栗中。

2012

窗外的荒草和灌木瑟瑟发抖

窗外的荒草和灌木瑟瑟发抖,
震惊于这世间从容的衰亡节奏。

辉煌的声音,从黄昏的梯子上跌落,
在地板上,水珠滚动,哀伤止息。

石英钟的声响和听觉构成直角,
你被夜晚温柔的叫喊接住——

你用视线缝补风的缺陷,
因为你,这瞬间在诗句里繁衍。

2012

我徜徉在林荫道中

我徜徉在林荫道中,
一棵棵闪亮的白杨像学生簇拥着我。
慈祥的夕光给整座校园镀上一层金,
随后,阴影如同幕布从天宇垂落,
傍晚的风抚慰我,一个老人仍旧是少年!
孤独的心教会我接近万物,
那草叶上的灰尘积攒着岁月的馈赠,
树木的芳香仿佛从梦中逸出。
松针如同睫毛颤动——借助大自然的眼睛,
我看见自己的衰老,并为生机勃勃的夏夜而垂泪。

远处的杏树林,被粉红色的薄雾所笼罩,
而锦葵,欢乐之花,在黑暗里道出成长的痛苦和坚韧。
人工湖水面的波纹悄悄敛迹,
在暮色的挤压下收缩为一根闪亮的线。
灌木环绕的操场多空旷,
孩子们挺立的身姿刻画少年时代的剪影。
我多爱这黄昏时刻的校园,
一切从孩子们的笑声里开始,
而我还欠他们一个残忍的夜晚。
我在这里生活了二十年——仍旧是一个旅人。

在黄昏的校园散步,我仍旧走在童年的星光下。

蒙昧的教育——学习根茎在地下舞蹈。

2012

躯体何以支撑起白昼的重负

躯体何以支撑起白昼的重负?
我不能忍受诗句的拖沓,
我不能忍受赞美的轻佻;
手里的卷烟还未熄灭,
唇间的歌声还未止息。

心儿随树叶舞蹈,眼睛望着地平线,
在幸福的生活里虎着脸,
凝视着黑黢黢的静物——
为了跟上诗歌强劲的节奏,
你得在厄运里找寻激情。

2012

从夏天的东乌珠穆沁草原

从夏天的东乌珠穆沁草原

带回轮廓轻盈的雨水和狼针草的妩媚。

九月,心灵再次变得空旷,

时钟每一格细小的刻度足以容纳诞生和死亡。

视线不再囿于凉棚的指引,

伸展到上升的天宇,去窥探缪斯的舞蹈。

当我的诗句正常生长,

我开始懂得区分寂寞和安详。

2012

与其接受生活的洗礼

与其接受生活的洗礼,
不如在诗句中沉沦。
又镇静又欢愉——该这样走进暴风雨,
又沮丧又淡然——该这样踏上路基隆起的公路。

铁丝网勾勒边境线粗犷的轮廓,
空寂的海关大楼像一座硕大的墓碑;
何妨把我丢在荒凉的嘎达布其口岸?
我不会抱怨,我也不会沉默。

不安分的冬天
将用草原歌声道出我的思念;
永远都在低头吃草的羔羊,
教会我如何面对厄运。

2012

空洞的美景

空洞的美景,九月的画布,
厌恶——生命之盐,豢养思之蛆虫。
何以祈祷?你躬身捕捉诗句,
为冥河制造优美的波澜。

在深渊般的蓝天下,
你浑身不适,如同衣袖里钻进了虱子。
爱情那锐利的光芒终将刺伤女人,
你的诗在暗无天日的口袋里突然蹦跳。

2012

裁决杉树的浓荫和内心的阴郁

裁决杉树的浓荫和内心的阴郁,
用阿尔托木质的三角尺。
法官坐于云端,俯瞰与死亡毗邻的人类,
嘴角有一丝懊恼和欣慰。

审判!为寂静的工作日,
为失去理智陷于肉搏战的蓝天。
秋天的机器嗡嗡作响,
写字的笔正被套上呼喊的辔头。

2012

我见过高空中疾驶的巨轮

我见过高空中疾驶的巨轮
溅起云彩的水花。
我见过草原的阴影和明亮,
羊群如白色蛆虫滚下地平线。

从雷霆不绝的始发站,
牧民挥动皮鞭,缪斯遣送我。
轻便的诗行,张开翅膀
驮运堕落生活锻造的沉重冠冕。

当你身处肤浅的幸福,
诗句自顾自述说着痛苦。
并不矛盾——当你置身于伟大的风景,
总会有一句乡音打断庄严的朗诵。

2012

这是馈赠——

这是馈赠——阳光照在打开的书页上；
邻居阳台上笼鸟的啼鸣，
送来卑微生命不倦的歌唱。

物质的磷光在茫茫记忆中苏醒，
字迹在电脑屏幕上伸展，如同沙漠里茫然的河源。
这是你的生命，这是你的命运。

——以无言接受它的鞭挞，
以粗糙的糠麸掩埋荣耀，
为缓慢的时光盖上肉体的徽章。

2012

马西亚斯，吹起你尖锐的长笛

马西亚斯，吹起你尖锐的长笛，
迷醉在树木的纤维年轮里扩散，
堕落在刽子手哼唱的小曲里酣眠，
时光透明的急流冲洗着
黑暗里兀自闪烁的星光。

皮肤在哀号，
水手的碎骨残骸在岩石上变白，
缪斯在云端虎视眈眈。
腥咸的海风
递送着塞壬和俄耳甫斯的二重唱。

死亡只是一首乐曲的装饰音？
美，如此暴戾，如此凶残。
荣誉在三位歌者的尸身上攀爬，
色雷斯的酒神女祭司面色酡红，
滚落在地上的嘴巴一边歌唱一边为你喝彩。

2012

将漫天的星斗一饮而尽

将漫天的星斗一饮而尽,
这是从爱中生出的饥饿。
影子吞噬它的主人,
肌肤收束泛滥的血液,
哦,琼浆,倾倒在痉挛的大街上。
他目瞪口呆,这一场灵魂的暴动多欢畅。

把书籍扔掉吧,
它们阴森森,时刻在炫耀智慧的重量。
把笔记本撕碎吧,
那些模糊的字迹能留下什么?
不过是在繁衍没有体温和鼻息的子嗣。
灯光——寂灭;灯光——跳舞!
谁在白炽灯光的照射下捂住了脸,
破碎的呐喊从指缝间溢出。

骨节突出的夜啊,
为什么不再庇护这退缩到橱柜里的港口。
翅膀安放在旅行箱里,
黑色的眼罩套在手腕上,
适得其所,这些乖张的物件簇拥着一个诗人!
唱机、药罐、肮脏的灶台,

靠在椅背上的颓废的腰带,统统归他派遣;
森林、大地、河流尽在他的心间。
庄严的道德的秩序如何将他拉入俗世的队列?

数一数肋骨,比划着心脏的位置:
"我的心饥饿,渴望凶猛。"
垒砌碎石作为它的眠床,
扯下整个夜幕作为它的蚊帐,
倾吐诗行如同梦呓。
不再醒来,
不再与固执的打桩机蠢笨的声音为敌,
啜泣隐藏于有节奏的鼾声中,
秋天的小提琴收入琴盒:
这是从饥饿中生出的爱。

2012

眼神闪烁的天空

眼神闪烁的天空,
你可曾听到
在这个被雨水玷污的下午低沉的怒吼?
窗玻璃污迹斑斑,
对面的旧楼形容猥琐,
白兰树沉默无语,为隐蔽的心事无地自容。
为了这些破烂的书本,
我耽误了多少美妙的时光。

教师在课堂上声嘶力竭,
男人彬彬有礼演绎着阴谋,
女人们涂脂抹粉,准备晚上的宴饮,
观察者冷漠地垂下厌恶的嘴角。
谁在转动怒火的旋风?
席卷人间这一幕幕无聊的戏剧,
我无所畏惧,亮出我的诗篇
如同士兵从刀鞘里抽出寒光凛凛的刀剑。

对抗小市民的市侩,
对抗理想者的萎靡,
对抗善与恶在彼岸的言欢,
我用天地间的万物作为温顺的听众,

誓言和这个沉闷的世界为敌。
青春勃发的情思且做我的御用文人,
灰霾蔽日的天空躺下来做我的稿纸,
愤怒佝偻着身躯转入文字的炮弹。

夜吞咽着午夜黑糊糊的泥淖,
颓败的情绪有如风暴横扫鬼魂们奋力奔跑的球场,
猫叫声若有如无,就像风的利齿,
撕咬着锅盔般柔韧的睡眠。
整夜,我在灯下疾书,
惨白的灯光刷白了墙壁,
四周散落着凌乱的药瓶和落灰的镜框。
伏案的影子悄无声息渗入宇宙的洪荒。

2012

马雅可夫斯基在特维尔大街普希金纪念碑前

天空和大地在奔驰,
而你铁铸的脸庞是礁石
矗立在时光的长河中,
将诅咒和谎言撞成浪花。
枞树拖着枯枝排成队列像年迈的笤帚,
清晨的大街饰有空想软绵绵的大衣衬里,
早春的光线像鸭绒褥子从冰冷的护栏上弹开。

甩开礼堂里那些喧嚣的愚蠢的人群,
我愿意这样和你默默对视,
天地间只有你和我,只有诗人和世界,
你的眼神穿透我的头颅朝向无垠的太空。
你所厌恶的人生和我的何其相像。
冰冷的词句沾染诗人的体温,
平静的呼唤怂恿诗人沙哑的嗓门。

我注视着你,我曾经放言要将你
从现代生活的轮船上扔出去,
可是有谁知道我整宿在读你的诗句。
我在愚人的欢呼声中讥笑你其实是在讥笑我自己,
——粗鲁总有它强烈的后坐力。
在我的黄色短上衣里揣着你的诗卷,

我秘而不宣,只是不想向群氓展示巨人那要命的脚踵。

不信? 我随时就要跃上讲台,
当着红脸颊的批评家的面
朗诵你全身发抖的痛苦的诗行。
来吧,来吧,我秘密的诗人,
讴歌大海和自由元素的诗人,
请从铁铸的雕像里走出来,
走到空旷的特维尔大街上,和我并排前行。

我们在俄罗斯的土地上漫游,
我们痛斥统治者的暴虐,
我们饮尽爱情的美酒和命运的毒鸩。
我们看见过岩石上的少女迎接暴风雨的奇观,
我们迷恋从荒芜的休耕地飘来的残酷歌谣,
那坚强、平静又冷淡的语调
不正是地平线孕育的缪斯的歌声?

我原以为沿着诗行
就可以奔向美妙的生活,
现在我知道,你的遗产只是带响铃的重轭和皮鞭。
道路曲折,诗行的路标指向终点:
莉丽和冈察洛娃在嬉闹,
簇拥着一颗孤立的跳动的万物之心。
缪斯叮叮当当,修补着星星的泪痕。

风徒劳地摇撼着我们的供桌,
在珀耳塞福涅的注视下
我们展读《圣经》这张旧图纸,
我们高声朗诵或者浅唱低吟。
诗行这抽搐的彩虹,
将我们镂刻成时间的祭品,
我们坚强又冷淡,携手行走于刀刃上。

            2012

钢丝艺人

这寒冷而宏大的夜，
这被钢丝勒紧的孤独。

道路慢慢下行，道路慢慢爬升，
扭动、弯曲的身体渴求死亡。

静谧灌注紧张的膝窝，
你张开双臂，犹如静止的闪电。

你用身体测量大地虚幻的标尺，
你和尼采交涉：道德中也有一跃。

斜背着的红色绶带飘动着金色的流苏下摆，
当你站立不动，脸颊上热烈的光涌起。

欢呼声托起一座空中的墓冢。
对肉体来说，一切必然成为游戏。

2012

夜空有着桶箍般的拘谨

夜空有着桶箍般的拘谨,
星星的铆钉固定着要逃逸的天象。

我遵照众人的期许,
向乌云里扔下一个包裹。

我踩踏天梯而上,
将月亮的饰物挂在颈项。

醒醒!醒醒!——我拍打昏睡天使的背脊,
幸福的时辰打着趔趄——已遭放逐。

睡眼惺忪的仙女们摆上宵夜的茶点,
广袤的天庭一直与我相伴。

崭新的创伤一气呵成,
高纬度的痛苦已植入木棉树的年轮。

2012

万有的激情裹挟我

万有的激情裹挟我,
驱动我在寻常街巷里散步、驻留。
树叶在冬天飘落,
汽车引擎在暗夜里呜咽。
在生活和文字里,你双倍占有我。

万有的激情,
秘藏于生硬的砖墙,
在奔向虚无的途中,你闪现。
万有的激情,请代我问候摇篮里的婴儿,
问候福利院病榻上奄奄一息的老妇人。

哦,无端的幸福和悲伤,
请带给我事物锐利的痛苦,
那冬天的寒霜、夏天的篝火,
为何同时在我的眼眸里结冰和燃烧?
万有的激情,倾吐你的咒语!

唇角在抽搐,声音在抖颤,
我在你的怜悯里犯错,
我在你的愤恨里生长,
记忆里的风暴生就你的表情。

我在时间的箱底依然找到你。

万有的激情,
赋予我衡量事物的尺度,
爱和恨,那来自内心的尺度,
漏下光斑,留下阴影。
哦,万有的激情,请涂抹你毁灭的画笔。

2013

汽车的引擎颤动

汽车的引擎颤动,
抖落雾霭,露出轿子雪山一角。

面对杜鹃花的集团军,
峰顶的雪开始融化,恢复冬天的自由。

风景趔趄着,闪过潮水般的游客。
我的心怠惰,来不及挑选活泼的词语。

我要的是心灵愉悦的节奏,
不是花朵,不是蓝天——

只是一副迷醉的表情,
只是一个女人钉在一寸相纸上的面容。

如果不是为了唤醒骄傲,
这山坡上数万朵花朵又有何用?

傍晚在车轮的辐条上闪耀,
日渐迷乱的心灵把它的灯放在悬崖上。

2013

幸福封住我的口

幸福封住我的口，
慵懒的下午，和煦的阳光，
为何我无法开口？
我找不到准确的词语，
以对应人世间和黑暗对接的豁口。
我找不到生命奔放的节奏，
以一种狂野的加速度，
将庸常的生活鞭打为风景。

太阳的齿轮碾压麻木的肌肤，
我们在午后空旷的琶醍酒吧区徘徊，
我步履轻盈，走在前面，
可是泪水却在追逐眼眶。
孩子们身着宽松的牛仔裤，歪戴着帽子
在舞台上有节奏地扭动着腰肢。
想起我们的孩子有一天也会这么帅气地跳舞，
我们赖在二楼的平台上不走。

阳光穿过亿万年黑暗的路途，
前来和我们相会，
前来照亮你的睫毛和刘海。
你走过三十年的路途，

前来和我相会,

站在我身边,就是我想要的静静的姑娘。

幸福总是趋向于无言——

就用拥抱和凝视代替我们说出沉寂的话语。

2013

闪亮的雨滴为我送行

闪亮的雨滴为我送行。
嘴角向上翘起,
——看上去多滑稽。
鹅卵石路面蹦跳着退去,
夜幕局促地抖动,表演时光的障眼法。
抽取筋骨的夜,荫庇万物的夜,
为何任性地施展你的魔法?
为何将我突兀地抛给爱的深渊?

为他送信,我依然有一种悲凉的欢欣。
他慌乱的表情让人心痛,
尽管他的视线越过我瘦弱的肩膀
贪婪地望着另一个女人。
爱神,顽皮的神祇,已然苍老。
对她,我没有祝福也没有恨。
女人啊,我是怎么了?
抖颤的心房为何仍旧徒劳地等待着敲门?

爱情在我心中孤独地燃烧,
它是它自己的祭品,
在这样的雨夜,它已经习惯拥抱它自己。
悲伤想要封我的嘴,可我渴望说话,

挣扎的话语变成从地下涌起的歌声。
那无所不在的幸福的声音
越过你的心通向天庭。
啊,宇宙的泪痕,广场的喷泉突然跃起。

在寒碜的小酒馆里避雨的人,
在温暖的家里同床异梦的夫妻,
请为我送行,用你们卑微的祈愿。
今夜没有星光,没有你的叹息和祝福,
一切施予者的不幸,一切光照者的抑郁,
在黑暗中合上布满血丝的双眼吧,垂死的爱人。
自上而下,一束光突然照亮脸庞,
——多么美,爱神的阴影!

2013

失眠的苦役寻获我

有一个夜晚，失眠的苦役寻获我，
有一个夜晚，内心的嘶喊震破了天穹。
在星空的淬炼下，我重生。
修道院骄矜的阴影搂抱一颗颤抖的心。

银质烛台反射主教的面容，
如果恶被赦免，宁静将浇铸天使的铜像？
我没有信心将自己完整交出，
来吧，不厌其烦的叫卖者，来领取罪恶的犒赏。

城市在尘嚣中安眠，
它溃烂肌肤上的蛆虫停止了蠕动。
有一个夜晚，宽恕涌起地狱的波澜，
有一个夜晚，我循着腥咸的河水走入墓冢。

带他回家吧，我的孩子，
街巷里嘶喊的革命者如今奄奄一息。
道德义愤总像斗牛般盲目，
而爱情的红布也迷惑了众生。

苦役犯的标签追逐我，
法律傲慢的正义鞭挞我，

在和浩瀚夜空的对视中，
我和旁观的人类一同败下阵来。

赐予饥饿者石头，
赐予相爱者短暂的欢娱。
善的大幕遮天蔽日，
唯有恶臭的下水道将我们渡送真实的世界。

感恩、赞颂、悲悯、慈爱，
——这耀眼的词语谁敢滥用？
请牵我的手，将我置于严酷的真实之中，
哪怕噩梦的秃鹫来啄食现实的腐肉。

但不要惊扰意志的囚徒，
救赎、杀戮、宽容、钟情，
——这全然沸腾的词汇表，
像烙铁在此世打下烙印。

我不再流亡，
我安静地走向自己的归宿——
雨夜和星空交替上阵，
痛苦的良知始终裸露在烧红的铁砧上。

2013

天空的深渊倒扣在午夜的城市

天空的深渊倒扣在午夜的城市，
湍急的水流犹如粗水绳紧抱着桥墩，
街头杳无人迹，
夜风温柔的手指渡送我。

双肘支在栏杆上，双手插进乱发：
这是我吗？那个听命于上帝意旨的人。
河水在奔流，卷走树枝、粪便和动物残骸，
也卷走尘世的欢乐，人的卑微命运。

一向挺直的腰板垮塌了，
沮丧像蛆虫撕咬着，
内心的搏斗已然落败，
荒芜如同来不及收拾的战场。

我无意对美开战，
但是职责的荣耀蛊惑我，
庸俗的规条
像衣衬嵌入我懒惰的思想。

人世多么浩淼，
星空多么黯淡，

随便什么星星请为我指点迷津吧！
可只有一盏路灯照亮河岸的边石。

这样的时刻，
胡乱涌起的童年记忆多像一个讽刺；
这样的时刻，
拯救就是杀戮，而善不也就是恶？

我无意与世人为敌：
监狱里的惨象，
穷人的邋遢，富人的无耻，
在这神圣的黑夜里总得有个了断。

我不在乎永生，
这一副日益衰朽的皮囊终究只会装着枯骨。
谁不是呢？谁不曾被命运戏弄过，
像一个脸庞被涂花的小丑。

我相信谁？我信任什么？
谁能告诉我，在浩瀚星空的拷问下。
哦，走吧，走吧，
人世的苦难像这奔涌的河水没有尽头。

我不曾祈求宽恕，
我还有能力为自己讨还名誉，
就算我已经不再在乎它，

就算我曾苛求过哪怕是微不足道的爱情。

我向闪烁着灯笼黯淡之光的警察哨所告别,
我向无数次托举过我的街上的砖石告别,
我向夜风那过度的柔情告别,
我向最具杀伤力的善良告别。

湍急的水流,绝望者的家园,
我来了——
而那纵身跃下的黑影
将长久萦绕在苟活者心头。

2013

下午有一个怠惰的梦境

下午有一个怠惰的梦境:
厨房里,工人在用扳手拧煤气管,
烟头在烟缸里卷曲、憔悴,
诗神穿着蓬松的睡衣,不愿醒来。

白兰树荫覆盖的水泥路早已皲裂,
生活的杂音细碎而美妙。
操场上空无一人——
巨大的伤疤,无人为之心碎。

阳光退下枪管里的火药,
平淡无奇的天空既没有星星也没有月亮。
镜中的面容平静得如同寓言,
而成长只是一个醒来的过程。

2013

在早年快乐时光的衬底上

在早年快乐时光的衬底上,
事物矫健的身影跨越文字的围栏。

纵使故乡已经被脚手架的删除符摧毁,
黯淡的峰顶依旧在童年金黄的落日旁伫立。

烟囱依旧,硫磺烟依旧,
天空的镜子里看不见你的面容。

——少年倾身,从扭曲的
课桌间奔向室外九月的阳光。

夜幕上,星星
还在努力书写模糊的情书。

用暴风雨反复摔打一声叹息,
用文字捕捉光影的轮廓。

——这是我的贫穷——
你的手从森林伸向我。

2014

我的诗行如何寻获明亮的方向

我的诗行如何寻获明亮的方向?
善与恶,那是人世之河的堤岸,
鞭策或者赞美,只用来阻止感伤情绪的泛滥。
作为尺度,我仍然信任一只语言的鸽子,
——它不会违背和大地的约定。

2013

我无从为他人祈祷

我无从为他人祈祷,
生活每每在悬崖边驻足。
凝视危险的风景,
少年时代的幻影总有一丝野蛮的快意。
未来触及冰凉的额头,
惊恐的瞳仁在夜幕里闪烁。

被解散的小学残存的灰色院墙
围不住那群飞奔的孩子,
他们溃散,进入深不可测的天空。
童年开始展示它的魅力,
加速跳动的心宣告:你可以抽身回顾。
而时间狂野的力量终于变得谦和驯顺。

我以为自己已经走远,
我以为灵魂的放纵总伴有人世的惩罚。
可在我的内部,
有一块不断自我繁殖自我更新自我折磨的东西,
在时光的催逼下,它挺直身躯,如同骄傲,
在夜里,当你独自面对它,它变得柔软——如同爱。

2014

辑二　田野在晨曦中起立

我在寻找那唯一的听者

我在寻找那唯一的听者,
语言的桎梏在暗夜里合拢,
语言的马头墙在天空下高高竖起。
说得越多遗忘越多?
唯一的听者给心灵造一座墓园。
童年已然溃散,
深爱过的人退入苍穹。
漂浮的界桩撞击夜晚丝绒的耳膜,
汹涌的词语找寻溃决的堤岸。

我在寻找那唯一的听者,
他并不是陪我在城市曲折的街巷里穿行的那个人,
他并不是在夏夜的繁星下怜悯地望着我的那个人,
他也不是怒气冲冲向我投掷书本的那个人。
我找寻的那个听者,
将以他慈祥的目光让我安静,
将以他精致的耳廓渡送我到沉默的中年。
我找寻的那个唯一的听者
将以意志和骄傲,
成为广袤土地上贫瘠的标志。

我在寻找那唯一的听者,

我在找寻沉寂的土地里声音的矿脉，

我在为失败和暮年加油鼓劲，

我在指挥一切失意者为自己的甲胄寻找战场。

我在呐喊中失语，

对，如果找不到那唯一的听者，

我只会呐喊，不会平静而动人地述说。

我反对平庸，亲近罪恶，

我从繁华的城市走到荒原，为了你，

我从儿时的田埂走到车辆穿梭的高速公路，为了你。

找寻你就是在找寻痛苦本身，

凡予我生的痛苦者，

将使我激愤，将驱动我僵硬的唇舌。

我在找寻那唯一的听者，

那天地间无常的合谋者，

那以手遮面的逃遁的人，

那以太阳作为唯一礼物的人。

将以他与死抗争的光焰照亮我生命里的暗影。

我将以不断上升的骄傲

找寻那唯一的听者，那显露赤裸灵魂的镜子。

这面镜子通过翻转的舞蹈，

将赋予我的声音形状、热度和情感。

2014

巨大的不对称的激情虏获我

巨大的不对称的激情虏获我,
空旷的柏油马路在惊愕中凝固。
方方正正拘谨的宿舍楼,
透过蜂巢式的窗口,
天天窥视我,尾随我,
既惊奇又羡妒,
你们怎能了解这贯穿我每个毛孔里的激情?

穿制服的女人,
表情呆滞的路人,
在锅碗瓢盆的围剿下委顿的睁不开眼睛的人,
唯唯诺诺在谎言编织的美梦里苟延残喘的人,
你们怎么配拥有
这坦荡的无所畏惧的激情?

哦,神奇的激情,
让铅笔起舞的激情,
让浓缩椰子糖自己融化的激情,
让邋遢的书架突然熠熠生辉的激情,
无所不在的激情,
在沉寂的街区埋头敲打着干瘪的钢精锅。

巨大的不对称的激情

在人去楼空的校园摩拳擦掌，

鼓起征帆，驱动沉睡的灵魂暴动。

春夏秋冬，周而复始，为何仍未厌倦？

向蓝天深处褪去的暑热阿，

请放慢你的脚步，

在整座城市大汗淋漓的时刻，

也许可以稍稍明了被你虏获的缘由。

不识时务的星星，

还在和霓虹灯争艳吗？

广袤的夜空还在为人世的堕落而垂泪吗？

夜褪去它黑色的丝绒长衫，

袒露鼓胀的胸肌，

展示恒久的岿然不动的激情，

——在所有琐碎的埋怨、争吵和痛苦之上。

那灌注在每一个滴答声里的激情从何而来？

那锻造着铁塑的画面的激情从何而来？

我捂住深蓝色 T 恤下跳动的心房，

我试图呼喊，

试图阻止爱情像秋天的树叶脱落，

试图用肥皂洗干净这灰不溜秋的人生。

世界——低垂的蚊帐——被蕾丝花边围绕，

有人在睡梦中依然止不住咬紧牙关。

哦，让我们大嚼窝窝头的激情，
让词语倒灌，让梦话连缀成演讲辞的激情，
让我耻于说出口的激情，
让我不得不和它分庭抗礼的激情，
你是全部的意义，全部的生活，全部的赞美，
我甘愿在你巨大的不对称的轮盘的压榨下
耗尽我那微不足道的生命。

2013

眺 望

山因眺望而隆起，
水因眺望而远流。

夜因眺望而闪烁，
词因眺望而静默。

白云跨越山峰，
追赶高飞的鸟群。

雷霆在头顶滚动，
秋菊在大地的祭坛上燃烧。

从冰冷的黄昏不经意传来轻蔑的笑声，
——是起身告别的时刻了。

黯淡的星宿，恍惚的树林，
在我身上苏醒。

2014

时光在字句里隐没

时光在字句里隐没,
我多么希望能追随它的脚步进入窗外的天涯。
以四季轮回的节奏,爱情大放悲声。
以埋葬天空的伟力,你消失。

阳光下轻颤的叶片多优雅,
凶猛的时间由温柔的话语驾驭。
诗人的声音在纸页上寂然滑过,
——它只对心爱的人张开利齿。

2014

在骑楼的阴影里编制竹器

在骑楼的阴影里编制竹器,
我的祖父坐在那里,我的父亲坐在那里,
我也坐在那里。
身体在秋光里凝固,
水在涟漪中获得自己的形象。
生活的雕塑和大光明电影院前的一对青铜戏子对望着,
石制的眼眶里恍惚有泪花涌动。

我是时间里那一枚无关紧要的楔子,
将蛛网钉在角落,
将电线绕过殖民时代的额头。
竹片在我手里翻动,
如同魔术师挥动扑克牌,
我编制竹篮竹筐,用柔韧的时光,
在欢娱的寂静中,我得以拥抱古老的技艺。

远方在桂江澄澈的水波上涌动,
英国领事馆的黄房子在山坡上凝视着旧城。
童年在牙牙学语的孩子的瞳孔里苏醒,
为何我如此频繁地想起它?
为何暮年如此迅捷地来临?
但我看见的是重生和希望,

在物的忍耐中唤醒沉睡的肉体。

把我衰老的躯体扔给河流，
去下游热闹的码头找寻昨日的幻影，
少年时代的恋人杳无音讯，
思恋在这片旧城深埋、发酵。
这并不容易，我编制日月晨昏，
我编制寻常生活里的每分每秒，
当我劳累，天空总是以其不变的空旷给我提醒。

2014

商场巨大的嘴巴吞噬行人

商场巨大的嘴巴吞噬行人,
在咖啡馆户外的阳伞下,冬夜蛰伏。
懒洋洋的天气聚拢锐利的怒气,
一年来你心绪平静,从容检点着罪过和悔恨。

陈词滥调永远热烈,
虚伪的爱情总是那么感人。
我不知道——那幸福的致幻剂
怎样从问候中选拔警句和箴言。

跟随一个人的脚步,踩准节奏。
我不知道土地如何理解天空的宽恕。
话语哽咽,演绎阳光下的戏剧。
河流流经闹市区时显得格外快活轻盈。

2014

栾树灿烂的树冠引领我

栾树灿烂的树冠引领我,
沐浴在垂直光线中的幸福引领我,
静默的姿势牵引途中的游子,
故事的结局吸引悲剧女主角垂下优雅的脖颈,
哦,天空中永恒的负极拖曳着太阳。

柏油马路微微抬升,
黄昏的雾霭在群山间下降,
一种在卑贱中扭结的圣洁引领我。
时间穿越一个人冰冷的血管,
以孱弱之美和生锈的冠冕引领我。

存在的幻象引领我,
潜伏在字句里作势飞翔的物象引领我,
大自然蒸馏器皿里那肮脏的晶体引领我。
喧嚣的生命啊,
以全部的无知全部的热情全部的厌倦引领我。

陌生的灵魂悄悄战栗吧,
天上的流云随意消散吧,
意志和美的联姻紧紧攥住我的心。
——以统治一切的痛苦引领我,
以啜泣以骄傲,以征服时间的勇气引领我。

2014

水闸使河流的思想朝向内心

水闸使河流的思想朝向内心,
光影迅捷降落在靠门的长窗之上。
蓝天修补白云草率的画卷,
三角梅簇拥着街道,逼使它重返最初的寥落。

声音在头顶盘旋,声音从屋顶升起。
从眼瞳,从挡风玻璃上安静的雨刮,
从蓬松的树冠,从药店阴暗的门楣上,
从摇着咖啡杯的侍应的手上——声音响起。

诗人背着双肩包匆匆越过斑马线,
他急着要把偶然的音调收入语言的锦囊。
被追逐的形象,被腌制的韵律,
这就是命运——他低下头,将脸埋入深秋。

2014

建筑物隆起如同城市泛滥的皮疹

建筑物隆起如同城市泛滥的皮疹，
一种清洁的欲望酝酿着毁灭。
孩子们在地上敏捷地爬行，
梦的帽檐抵着漠然对视的情侣。

形式的高贵赋予我角落里清晰的位置：
男人趿拉着拖鞋低头看微信，
女人背着巨大的挎包行色匆匆，
几乎是一瞬间，他们跨进诗篇。

——紧张，唐突，挤垮了对称的韵律。
诗正在屏幕上追逐闪烁的光标，
诗正在烘烤沮丧了千百次的心。
在蓝天下翻煎，在城际拘束的水域洄游——我的心。

2014

光线倾洒在我头顶

光线倾洒在我头顶,
为何让我激动不已?

那暗夜里的痴迷,
那毒气室墙壁上疯狂的指痕,
那漂浮在雾霭里的苍白的房子,
将仇恨和迷惘一同播撒进泥土。

让我接近又倏忽远离的地平线,
刻画信仰的纵轴。
忍耐抵偿黑暗的赋税。

光明是眼睛的幻想,
痛苦是身体的幻觉,
田野在晨曦中起立,
为重返人间的病孩子鼓掌。

2014

我歌唱步履蹒跚的人

我歌唱步履蹒跚的人,
我歌唱纪念碑敦实的底座,
我歌唱作为心灵复合体的肉体。
为免除精神的苦役,
为将自己献祭的玫瑰,
为平息恶的尖叫——我歌唱。

你从你的悲愁中汲取乳汁,
你从道德的灰烬中偷取火种。
从万物之虚妄中生长出来的恶,
畅饮慷慨的阳光。
而你的沉默有如世界的胎记,
听任骄傲的笔触赋予死亡生机勃勃的形象。

2014

我喜欢荒凉的东普鲁士平原

我喜欢荒凉的东普鲁士平原,
闪亮的地平线划破夜幕,
哈姆雷特纠结的独白在旷野上升起:
"我全身的筋骨不要一下变得衰老。"
我是谁?为何厄运紧紧追逐我?
肿胀的牙床刺激疲惫的神经,
早晨的寒霜拥抱病弱的身躯,
非人的世界以肃穆的眼神看着这一切。

人?多么可笑。
流动的血液,清洁的眼神
竟然被一个邪恶的观念所控制。
仇恨多么可笑,胜利多么可笑,
当一只拳头击向另一个人的头颅,
当武力仅仅是为了证明邪恶的正确。
那些蜷伏在褴褛法律条文下取暖的弱小者,
让我们放纵地大笑一场吧。

车轮叩击铁轨的单调声响伴我入眠。
蒸汽机车粗野的吼叫又唤醒我。
透过肮脏的车厢玻璃,
天空以它单调的怜悯

让我忘却看守的狰狞,

让我忘却此刻的苦难——那一生一世的诅咒。

成堆的卷宗压在心头,

法庭上激烈的辩护如同梦呓。

地狱之光在我的头发里狂野地闪耀,

玛戈特的泪水那么咸,

哪怕在易北河水的冲洗下。

和良知为伴,那是我的信条,

和弱者为伍,那是群星教导我的法则。

从松嫩堡到利希滕堡,我在集中营之间辗转,

置身于穿黑衣的暴徒中间,

轻柔的诗歌是最猛烈的反抗——思想是自由的。

那怒吼的天使在朝我飞翔,

朝我倾吐一个民族郁积的浓痰。

妈妈,我目睹了太多死亡,

妈妈,还记得在达豪的那次见面吗?

多么甜蜜的笑容,

那是我敬献给您的最后一个礼物。

此刻,在东普鲁士草原广袤的银幕上:

我在铲雪,我在受难,我在整理无尽的卷宗。

2014

笑是悲伤的倒影

笑是悲伤的倒影。
你们这些厨子,炼钢工人,邮递员,
你们的快乐多别扭!
快拽拽皱巴巴的西装吧。

灯光多炫目,
为了不曾破灭的老掉牙的梦,
我四处奔走,
辉煌的剧场一再给陨落的星光打气。

胸前挂满勋章的退伍军人,
滑稽剧目更换生活的底版。
狮子浓妆艳抹,在我身后逡巡,
狂欢之夜抽搐的筋骨模拟动物的快感。

皱纹隐藏在厚厚的涂料下,
插科打诨暂时取代心事,
接受生锈的冠冕。
哦,胜利者,请展开小人物膨胀的野心。

女人们带着孩子规规矩矩,
坐在台阶上。
恐惧消融于夸张的笑容,

变哑的嗓音具备稳定心神的魔力。

沐浴夜晚温柔的气息,
我信誓旦旦,
给静物撷取精神的命名,
给你们带来放纵的野性。

一分钟,一小时,一整晚,
以取悦人类的悲壮,
我被还原成软弱的人的同类,
我渐渐忘却恶魔辛辣的讽刺。

红色鼻尖最先抵触到罪恶,
鲜艳的服饰将往事聚焦。
看慈悲地塑造小丑之美,
欢快是宇宙万物的伦理。

受制于苍天的深邃,
人们追随我的节奏,趋向纯真。
灿烂的夜,抖落斗篷里的虱子,
灰色的大幕随时会落下。

快乐的人群裹挟时代的愤懑。
结局在盥洗室里上演,
洗尽花花绿绿的油彩,
一个神情沮丧的人在镜子里看我。

2014

那里有我不认识的机床

那里有我不认识的机床,
那里有生硬的轴承和螺丝,
那里有工人的汗水,
那里有一个诗人持续的低烧。

空洞的厂房如此具体,
框住妄图逃逸的日常生活。
那里有铁锤和扳手,
撬开蓝天沉默的嘴巴。

在过度疲劳的恍惚中,
那里有虚幻的钢铁的诗意。
泛着铜绿的工业废水,
死过一千次的水,喂养着诗人。

那里有我不认识的诗人,
那里有我不认识的兄弟。
那里有一只孤独的诗歌之胃,
它吞食汽油和铁钉——呕吐出花朵。

2014

我不熟悉黑夜

我不熟悉黑夜,
这不重要,我走进黑夜。

词语那伸缩自如的尺子,
追逐心灵的潮汐。

月亮不懂轻重,
弄痛了隐居的时辰。

诗人放下面具,
一件精巧的礼物在面团里发起来。

谜语指点迷津,
我不熟悉万物又怎样?

我走进去——黑暗中——
词语的纤维断裂,哗剥作响。

2014

仰望蓝天

深远,空旷,
心战栗着,飞往那从不使用语言的世界。
摆脱意义的纠缠,
扔掉美的做作的缰绳,
任意在其中遨游吧,
且把它视作倒扣的大海。
一切尚在浑浊的喜悦之中,
而肮脏的词语还没有从人们的凝视中结晶。

幸福和死亡作伴,多和谐!
爱嗫嚅在口腔,多珍贵!
天空的清洁剂洗去思想的污渍,
生命的主题裸露在形体中。
人返回童年的襁褓,
世界退化为温暖的虚词和叹词。
婴儿从不说话,
成长的法则投身到他的呼吸中。

2015

在浓荫上调色

在法国梧桐密密匝匝的浓荫上调色,
光线斑驳的脸庞在时间之井中显露。
蓝天追赶暴风雨,
为你拥有一个合身的记忆之封面。

未来不曾报到,在咖啡馆镂花的窗前。
杯壁拖曳着英国红茶蓝色的标牌,
书籍镇守着精神的城垣。
你把手插入粘稠的墨汁,捞取圣餐。

        2015

铜官山

拒斥景观的山,
埋葬道路的山,
我始终在走近却从未抵达的山,
——甚至我从不曾留意过。

放送落日和朝阳的山,
你用手把童年推开,
你把自己安放在脚和眼睛之间,
——可以看见却不能被亵渎的山。

你挺立在故乡的界石旁,
你催生的行吟诗人将终生围绕你流浪。
哪怕他们在雪的重压下四处奔逃。
静默的山,高八度颤音中那只下沉的锚。

2015

激情褪去

激情褪去,世界裸露。
我开始学会接受这平淡的时刻:
阳光平淡地照耀,
树木平淡地葱翠。
人行道上的男人和女人恍惚着又跨进我的视野,
咖啡馆的玻璃门开合之间
又戏弄起那条闪烁的线。
孩子在操场上练习单排滑轮,
他们张开的双臂尽力保持着优雅的平衡。

江水还是那么浑浊,
却是以惊人的低调秘密地奔赴海洋。
深不可测的天空俯瞰我,又是怜悯又是喜悦。
高楼、铁质路灯、药店、眼镜店、玩具、面包、尿片、
　广告牌、垃圾桶,
——在洪水褪去的河滩上,它们凌乱又突兀地堆积。
可是在意识深处,
世界如同黑洞呼唤着你,
以你的气味以你的容貌以你整个的身体去喊叫。
当激情褪去,当你离开,
万物裸露着,又难看又笨拙。

2015

孤岛在等待一对翅膀

孤岛在等待一对翅膀,
夜晚在等待你的漫步。
为契合海的精神,
大地抱紧双肩,
放纵的意念被禁锢为局促的小巷。

疾病的幻觉是甜美的,
老别墅孤寂的灯光前来安慰。
忠诚的月亮追随你,
在时间弃绝文字拯救的时刻,
在心灵的重负因冷漠而变得轻盈的日子。

2015

没有新的命运

对你来说,没有新的命运。
情感的坡道冲进法国梧桐的浓荫。
从树叶间漏下的细碎光影
让你的脸庞变得惊愕。

背负厄运和沉疴,
为什么还要赞美?
除了忍受时间的折磨,
为什么还要执著于陈旧的善?

词语之门打开,
让你进入门廊高大的室内,
你在有台灯的那张桌旁坐下,
你摁住总想冒头的死亡。

2015

少女窃窃私语

少女窃窃私语,管风琴在低吟,
铁质汤匙随便地扔进瓷盘。
——夜晚为找到自己的语言而欣喜,
喋喋不休诉说着心事。

此时,你想起山顶上颓败的旅馆,
凋谢的花朵潦草地装饰着院墙。
内心无所凭藉——脱离了爱的寄主,
但和夜晚的对话才刚刚开始。

2015

簇新的痛感向你打开

一杯咖啡和一幢花木掩映中的旧宅
在视线上打结。
恬静的心哀悼失重的记忆。
画面沉入水底,被几道涟漪绑走。

无论多远,精神从未逃脱词的役使,
伞的阴影渐渐将我收拢。
簇新的痛感向你打开,
时间,在你的唇间和你爱用的唇间停留。

2015

拱形门廊摄取静谧的风景

拱形门廊摄取静谧的风景,
隐藏的时辰赐福温柔的言辞。
光线因仰视而绚烂,
坡道明亮,突兀地插入市井生活。

蓝白间条遮阳布在风中摆动,
街巷拐向夜晚的港湾。
精神的倦怠是美的寄生物,
当你试图说点什么——天空的肃穆封住你的嘴。

2015

青砖宿舍楼间的草坪绿如梦境

青砖宿舍楼间的草坪绿如梦境,
冷雨中,紫藤开得正艳。
空气里不再有苏州河水腥臭的味道,
校园桥上,两个女生谈论着淘宝。

仅仅像是从一场睡梦中苏醒,
而我丢失了二十年的光阴。
灰色苍穹斜睨着眼,
看不上那一点微不足道的感慨。

有人在楼道尽头笨拙地拨弄吉他琴弦,
校园里的青春烦闷无比。
当我重返这座当年美丽的囚笼,
苔藓如地毯铺展到胸口。

2015

一年始于十一月

一年始于十一月，
动词从蓝天深处探出他们毛茸茸的脑袋。
像母亲拍打箱底的被单，
我抖落春天的惶惑和夏季的罪。

白色护栏在柏油路上漫舞，
邀请电单车上送快递的青年入梦。
车轮银色的轮毂在转动，
脚步轻盈的印章盖在红砖的人行道上。

阳光拨动自己的竖琴，
慵懒的女声从咖啡馆幽暗的门楣下逸出。
一年的奔波在此地停步，
一年的决断在此时夯入名词的混凝土。

2015

中药罐静立在煤气灶台上

中药罐静立在煤气灶台上,
疾病重新将人纳入自我的口袋。
小儿子在明亮的广场上奔跑,
我惊觉,在此地已有多年。

黑暗,是掉入深渊的呐喊,
对于光,迟来的人即将饮尽。
是谁让我烦闷让我抑郁,
星星一言不发,独自耸立在高空。

2016

憎恨、狂喜和热爱

憎恨、狂喜和热爱,
我羡慕它们赤裸裸近乎无耻的样子。
矜持和优雅
让我们立在午夜的岸边,
两眼放光,贪婪地盯着
那口黑漆漆的大锅里煮沸的星星。

2016

世界再次关闭自己的门径

世界再次关闭自己的门径，
声音在暑热中竖起幽禁的壁垒。
当药片和胶囊成为生活的前景，
通常是陌生的灵魂造访的时刻。

人随着大地的波动而沉浮，
阳光哔哔剥剥碎裂成桌案上滚动的水银。
一切重新变得如此遥远，
当我浏览这些年写下的诗句。

2016

临海客栈被推土机碾成废墟

临海客栈被推土机碾成废墟,
肮脏的积水覆盖道路的创伤。
几只母鸡在荒凉的市集上谨慎地散步,
少年在夕阳下起劲地舞蹈。

大地抖动蓬松的绿色毛发,
向自由嬉戏的乌云谄媚。
异乡人毫不掩饰从年轮移植的愤怒,
纵身跳入树干顶端的蓝色大海。

2016

缪斯无与伦比的眷属

狄金森姨妈,狄金森姑姑,
缪斯无与伦比的眷属。
在对你的亲近中有一种拒斥的力量,
推开我,束缚我,
使我不能拥抱你,甚至不能触碰你。
我只是远远注视你,看着你飘忽的白色身影,
眼里满是热切和爱恋。

你那凶恶的房间
则在相反的时光中
收缩为一颗痛苦的种子。
你的诗是一口有辘轳的井,
在其中你打捞死亡或者永生。
不朽作为唯一留存的印记,
则使你一直腰板挺直地端坐在桌旁。

你和鬼魂嬉戏,
你在母亲的病榻前侍奉。
而在晨光中,你写下字句,
那试图掀开天灵盖的字句,
并不打算征服星群,而是向生活本身径自吟唱。
晴空下,棕色府邸旁美如梦境的草坪上,

你"在生命与流光中独自搏击"。

你脚穿浅口便鞋,走向天堂,
而你的影子里隐藏着一个下坠的地狱。
你不索求阔绰的欢乐,
但你用词语锻造了一个带电的宇宙。
伫立在上帝门前,
你再度陷入贫穷——
最美的拥有,乃是最小的占据。

狄金森姨妈,狄金森姑姑,
缪斯无与伦比的眷属,
作为整个喧嚣俗世的背景,你孤身一人。
窗外,田野被琐碎的痛苦撕裂,
可你依恋的始终是雏菊和烈焰。
狄金森姨妈,狄金森姑姑,
我们爱你——我们甚至怯于说出——我爱你。

2017

需要一个词撬动早晨的沉寂

需要一个词撬动早晨的沉寂，
一杯百香果茶开始在桌面上滑动，
记忆的冻土开始松软，把手插进墨汁。
需要一个词拧弯散文固执的逻辑。

诗行是一只可伸缩的收纳箱：
绯闻的线头，粗糙的别针，爱情的粉尘。
抓紧时间的缆绳，把自己甩出去，
从远处回望卑微的此刻——终会释然。

2017

赐给我一行诗

赐给我一行诗,
将我从平凡的日子里凭空拎起,
广袤的世界迅速收缩为一个玲珑的玩具。
而白云徜徉在蓝天,
就像脚踝享受着腥咸海水的抚触。

时光投入拥挤的车流,
转瞬已是傍晚。
人们讪讪地从人行道上走过,
多少人生戏剧在上演,
交错着他人的疑问和泪水。

街道两侧的黄槐投下浓重的阴影,
以缓解白昼突然跌入黑夜的不适。
流浪者背负破旧的行囊,眼神迷离,
他不知道在无数相似的街境中,
准确遴选出那个三角梅簇拥的暂居之地。

画面之上,群星叽叽喳喳,窃窃私语,
像杂耍艺人将若有若无的光线投掷给不想回家的人。
攀爬吧,眼神亮如天堂的儿童,
以诗句的风筝线,
以星光柔弱的拐杖。

2017

秋日的明朗不曾放过我

秋日的明朗不曾放过我,
潜伏的恐惧撑开思虑的帐篷,
为了人迹罕至的荒原,
我要开凿语言的溪流。

时间迈着秒针从容的脚步
和永恒终有一次邂逅。
比"救赎"这个字眼小一号,
蓝天下的群山和城市都在引颈期待。

我认可昼夜勾画的边界,
有祈祷就有一份相应的病痛。
不再为词的悸动而役使,
生活的轮廓像一个锦囊。

2017

阴郁的秋日

阴郁的秋日,
天空之桶装满铅块,
摆放在希冀的路口。
时间外出,将痛苦告知永恒。

一朵绢花奋力探出瓶口,
侍应在冲调一杯"摩卡"。
弧形线条描摹往昔的容貌,
幻象说:"是我。"

2017

红色鲸鱼在空中翱翔

红色鲸鱼在空中翱翔,
悲悼的心在夜色中降落。

不曾寄望未来,
未来斩断荆棘的冠冕正在前来。

字句映照心灵,
喜悦携带对称的悲愁。

我将挽留"现在"
——在"失去"的两只大脚中。

2017

月亮金色的下巴

月亮金色的下巴
支在夜空的窗台上,
俯瞰人间的一出出戏剧:
在追光灯的追逐下,
他们惊慌失措,徒劳奔走。

广袤地平线上的舞台,
克莉奥佩特拉和科德利娅次第登场,
森林是她们的长发,
太阳是她们白皙胸脯上闪亮的挂件,
当她们走动,夜色制成的裙裾窸窣作响。

刻板的人物在人间游荡,
哈姆雷特和李尔王相拥而泣,
你和我在彼此的戏码里沦陷。
随着吟诵消亡,
沉默的主角混迹于潮水般的群众演员中。

2017

时间独自估量

时间独自估量
慷慨的尺度
——健全的人
和他被允许携带的爱情的重量。

尘土怯懦,
为寂静的人群而隐身。
凝滞的空气中,
一片落叶犹如整个宇宙的闯入者。

惊愕!你瞬间的形象
在狂喜和悲愁的烈焰中淬炼。
白昼翻转的页面,
记载过星星潦草的情书。

2017

上天的漏斗任其滑落

街树、雕花的护栏,匆促的路人,
——上天的漏斗任其滑落。
生命是一场意外?
"因为这一切",你叼着烟,脸庞忽隐忽现。

无论在哪,都像回到此地。
欢快的旅行或者苦难的劳役
是时光罅隙里的放大,
唯有字句在编织事物的阴影。

2017

没有鸽子盘旋

没有鸽子盘旋——
是你的脸在飞。

你惊愕又热切的脸庞,
曙光的污点正在缓慢地涂脏。

你嘲讽的神情,
有如遥远本身在你脸上逼近。

我可以跨过去吗?
在你终于关上门扉之前。

春天,我们在珠江边,
沉默地阅读彼此的心事——在友人的争执中。

夏天,我陪你去买一块红布,
我们走过一段泥泞的路。

那雨天的茶舍
最终成为往事之书精美的书签。

"我在吃樱桃"——欢快的

话语的栅栏勾勒幸福的囚徒。

从窗户斜射进来的光
打开我们折叠的身体。

多年来累积的阴影
从你抖颤的肌肤上褪去。

对于你,
时间不允许半点冒犯。

——没有秋天,
直接就是冬天的讯息。

"再复杂再绵延的路"在天空飘摇,
我们只有瞩望,如何行走?

2017

按响大地的琴键

按响大地的琴键,
震撼光明的田野。
情人的耳语
从地平线上升起。

闪电在乌云的画布上,
凶狠地涂抹你光辉热烈的脸。
为了免于祈祷的轻佻,
我起身迎接惩罚的雷霆。

2017

午间风景

白云像洗刷蓝天的清洁剂,
慵懒的泡沫,
垂青沉默的楼群。
而午间的阳光力透屋宇,
远处的山脉匍匐在地,
大海被挤压成一条粉绿色的线,
我们手扶栏杆,勉强站定。

一艘渡船臣服于彼岸,
午间的空旷震慑人群。
静默!热烈!
两种相反的情绪繁殖着彼此的力量。
巨大的摩天轮转动,
恍如天空的邮戳,
——把此刻寄往永生。

2017

芒果树落满灰尘

芒果树落满灰尘,
厌烦写在每一片树叶上。
汽车疾驰而过,
一块镜子的世界从角落皲裂。

脸庞连同锐利的性退往天空深处,
一道竖直的闪电插进胸膛。
由远及近,脚步声越来越弱,
从模糊的痛感中滴下清晰的字。

2017

缪斯的使者

从驼背老太婆清扫落叶的背影里,
从空调装配工身上结实的锁链上,
从餐厅服务员油腻的装束中,
缪斯走出混沌的神圣。

尘埃拼凑一张光辉的脸,
光洁的双臂拥抱污秽和失败,
而词语——缪斯的使者,撬动世界的沉寂,
在震颤中逐渐展开大地连绵不断的述说。

2017

我不跨过自己的地盘

我不跨过自己的地盘,
走访任何屋舍和村镇。
就在这儿,你来吧。
——假如你来了,
而我仍在远处。

等待阻止了激情的放肆,
严肃的面容不至于扭曲变形。
就在这儿——不变的日月星辰,
寻常的草木和四季,
将会制造你不敢想象的奇迹。

伟大的举动总是在浑然无知中进行,
让我继续待在它的边界之内,
让痛苦脱离人的形体,独自走它的路。
柔情搀扶着它走向你,
走向火刑柱——为我带去卑微的问候。

等待是内心的仪式,
一切言行犹如亵渎。
不变的注目和致敬
在打造一座神圣的底座,

那尊时光中空洞的圣像将在何时莅临？

光荣不可企及，
树荫限制我，变暗的天光捆束我，
疑惑中我思忖：
大自然以它暗藏的尺度
教给我热烈的语言——对称的淡漠。

2017

高挂的城徽

高挂的城徽像一只女性的眼睛
目送我远离。当我回望，
一生已经随同"漂泊"这个词
穿越波浪的舞蹈，在黑暗的海床着陆。

再一次，沙漠商队跌跌撞撞，
将我带上征途，
我曾病态地爱恋这荒芜的风景，
地平线一览无余，刺穿长天。

担架在脚夫的喘息声中颠簸，
与大地平行的视角
惊愕于人世的漫长。
曙光的污点涂抹惨烈的地狱画卷。

翻过高山，母亲和妹妹的剪影，
铺排在浩渺的天地间。
和我在床榻上缠绵的女人们
为何都消失不见？

爱情的苦汁汇成霞光的洪流，
在我身上暴虐地冲刷。

痛苦曾激起我仇视上天的勇气，
现在，它正从肿胀的膝盖向着心灵一点点蚕食。

下起了雨，整整十六个小时，
雨水柔软又无情的鞭子抽打我。
这是对我曾诅咒上帝的惩罚吗？
在逐渐扩散的光晕中，我起身迎接。

从阿尔卑斯山到亚丁，
我一路走来，从不纠结于往昔。
难道这是最后的征程吗？
一条无望的回家之路，在天空摇荡。

躺着，我看见恒星的群岛，
泅渡的人奋力划向彼岸。
我看见倒扣的深渊，坠落犹如降临。
我看见一艘金色的船驶过白云之海。

在每一个休憩地——沃尔吉或者达达普，
我像垃圾一样被倾倒在地上。
我咒骂懒惰的脚夫，可我想起的却是
"仁慈是否就是死亡的姐妹"？

然而竟没有一只友爱之手，
——去哪里，去向谁求得救赎？
夜间寒冷刺骨，身上盖着的牛皮

倒像是在向我索取温暖。

睡眠之河在身下无声地流动，
我睁开疲惫的双眼，
我仿佛再度爬上那艘满载星光的醉舟，
随波浪而摇晃，随女人起伏的酣眠而战栗。

就要到达瓦朗波，那荣光的终点
紧贴着海湾柔软的肚腹。
就要进入辉煌的都市，
大海陡然竖起，用水的监牢捆束苦难。

2017

女邻居

我的视线享受着阅读的距离,
当女邻居在一块凸起的岩石上
脱去薄如蝉翼的连衣裙,
苗条的身躯一览无余。

我邀请阳光的金色手指代替我抚触她,
我邀请我急切的目光
代替我钻入她身体幽深的沟壑。
年岁越大,我越是自己的旁观者。

和昔日鲁莽攀登性的山峰不同,
逐渐衰退的体力开始聚焦于"看"。
在女人洁白如纸页的身体上,
我已经不会书写行动的颂歌。

但我仍听命于生命的召唤,
我不能太久耽搁在堆满书籍的老屋里,
我不能完全被拉入文字的阴影,
衰朽的生命始终渴望辉煌和宁静。

精神世界是迷人的,
但却过于倚靠在死亡的罗马柱上。

书籍和女人构成我生活的两极，
它们以彼此为食，喂养日常生活的钟摆。

如此，我还可以感受到心跳，
我还可以读懂
女邻居低眉的莞尔一笑。
她热烈的眼眸里分明有电流闪过。

我们携手来到12号公路边的水泽山谷。
在一块高耸的分层石灰岩壁前，
我继续阅读女人这本书，
当她裸露的身体面向着空无。

梣树和榆树弹奏着竖琴，
鸟在激流之间来回掠过，
此刻，女邻居弓起身体成为大自然的眼睛。
而世界则随同白色的歪斜的山峦被放逐到远处。

2017

辑三　天空深处没有波澜

烈日暴晒夏季

烈日暴晒夏季,
诗篇啄食天空的腐肉。

无与伦比的大地,栖息于心,
锻造崭新的秋日。

摇晃的步履掀翻水平仪,
堆积一生的光涌入。

眺望支着乡愁的下巴,
碧绿的稻田里走着爷爷、奶奶和小孙儿。

2018

我的画架

我的画架支在一堆做道具用的木料旁,
我的眼睛紧盯着一块向日葵田。
当我"创作",画笔朝向虚空,
而身体仍旧滞留在笨重的"生活"里。

如何获得一种结实的轻盈,
以便在这偶然造访的皖南村落里
将过去串联成完整的人生?
艺术——生活的种子——在此地发芽。

天空中传来一只乌鸦的呱呱声,
碰撞着远处牛铃的"叮当"。
笔触勾画村庄飞檐的轮廓,
画布上的树荫蚕食着村庄的阴影。

天上的流云里有你的脸庞,
夜晚裹着雨披的寂静里有你的耳语。
我沉迷过喧闹,但现在我渴望安静——
生活的杂音被挤压在扁平的肖像画里。

我从远方城市来,
盘山公路优美的曲线渡送着美和厌倦。

我的户外鞋沾染了此地黑色的泥土，
我的问候里混杂了此地的乡音。

我用村头小吃店里的烙饼填饱肚子，
我用微信语音喂养孱弱的爱情。
在隔绝中，意识开始溢出体外，
而呼吸有了山峦的形状。

哦，年轻的艺术家
通过物象折射着窥探灵魂。
在劳动的静谧中弯下腰捞取——
一张光辉的脸平铺在向日葵田里。

2018

公共汽车怒气冲冲

公共汽车怒气冲冲
在夜晚黑色的皮肤上
划开一条橙黄的街道的伤口,
柏油路面凹陷处的积水惊叫着四溅。

一个年轻人拿着纸袋,
从 7-11 便利店出来,
一边横穿马路,一边扭头张望——
几排临街的老工房静默如同废墟。

天空角落里孤僻的月亮
被洗脚屋放荡的霓虹灯光惊呆了。
街树蓬松的影子
勾画消失的恋人的发型。

穿深蓝色制服的交警对着
路边一溜龟缩不动的私家车拍照,
羊蝎子餐厅里的食客交头接耳,
议论着禁忌和小道消息。

潮湿的雾气摸索着前行,
越过楼房残破的屋顶,

从梦的钢铁吊塔上跌落,
人无辜地承受其轻如鸿毛之重。

夜晚的发电机
如同萤火虫般闪烁。
院落里,生活纪念碑
来来回回碾压着生锈的草坪。

如此寻常的夜晚
覆盖着民宿粗糙的碎花被套。
即将供暖的管道冰冷刺骨,
肮脏的洗碗水打着呼哨冲进下水道。

风伸长一只狗舌
舔食着就要动情的心。
依然无法入眠——
每一面心灵的斜坡上都藏着一座陡峭的悬崖。

2018

江南的暑热蒸发弯曲的梦境

江南的暑热蒸发弯曲的梦境,
故乡就是烈日暴晒下从实变虚的地方。

长江路上穿梭的车辆,
载走成吨重的少年心思:

在星空下乘凉,
孩子们欢快地驱赶着蚊虫。

铁路小学逼仄的院落里,
我见识过癫痫病和小痞子。

荒凉的钢铁厂,妈妈牵我的手
走过那条有驴车经过的砂石路。

——回到这里,
为何总是失语?

纷繁的形象忙于拆散时间的秩序表,
——忘记那个卑微的主角。

我走过许多地方,

我始终没有离开过此地。

我摘取时钟的空心之针，
我永久停留在纯真和勇气的刻度。

2018

一场迟迟未醒的梦

一场迟迟未醒的梦
睡在儿童稚嫩的脸上。

锯木厂里木屑纷飞,
描画清晰的光柱。

驴车在街道上懒散地游荡,
沿途驴粪蛋在五线谱上谱写着童年的旋律。

涂白漆的法国梧桐穿着去年的囚衣,
又度过童年漫长的一年。

街心花园里,鸡冠花刚刚红艳,
破铁皮下,馄饨摊香气扑鼻。

马眼般的路灯多黯淡,几个伙伴
奔跑着,黄色书包拍打着小屁股。

那是儿时某一次回家的路,
那是必将走过一生的路。

2018

天空深处没有波澜

天空深处没有波澜,
游客惊起的尘埃落于门前的沟渠。
我凝视着卵石路面,
午间的雨水在上面蹦跳着滑落。
手中的笔僵持着
生硬地呼唤遥远的雷霆。
拆下门窗,卸下爱情的铠甲,
顺从的话语孕育纯洁的婴儿,
而愤怒不管不顾,埋头投掷生命的骰子。

在眼睑锁闭的睡梦中,
一丝火苗追踪着往昔和未来。
来吧,挫败的勾引,成功的淫荡,
我不惧怕什么,
我的愤恨包裹着灿烂的光辉,
我千里迢迢追赶自己的道路仿佛一阵暴风雨。
在这荒僻的小镇,我得以放下恶念和真理,
不断喷涌的振奋的话语似乎又回到唇边,
仿佛爱人远离我,而世界靠近我。

我走在望不到尽头的道路上,
(对,那是人所共有的——只是你未必知晓。)

我是月亮初升之时无助的天空，
我是高塔里相互抗衡的圆顶和穹门。
我不怀好意打量手里玩弄念珠的人，
我并不同情陷在情感泥淖里的人。
我鞭笞奴役者的残暴，
我也唾弃火的单调的正义。
我邀请时钟指出一个确切的瞬间。

从庸常生活里，我祈求罪或者光荣，
用随手拿到的任何乐器，我提取恶之蜜糖。
意志每每取笑人的渺小的困境，
在宽阔的柏油路上，我被挤入荒芜的原野。
在堕落的失重状态中，我研究恶的本质。
谁来听取无赖的哭诉？
谁递给无赖这悔罪的阶梯，
用孤独的劳作，我攀爬，
用颓墙上新生的草叶，我记录时间的惩罚。

2018

时间的残渣

老顾客鼓着腮帮子咀嚼时间的残渣,
"痛苦"依旧耻辱地活着。
郊区粗壮的水泥塔
警觉地谛听来自地心的脚步。

脸上的红晕不曾消退,
在窗玻璃的反射中捕捉隐秘的注视。
我记得很多——
一颗年轻的泪珠在蓝天下碎裂。

校园不再喧嚣,操场上建起楼房,
孩子们消失在逐渐明亮的斜坡上。
寂静捂着耳朵,
回望中融化的时辰在煤灰上舞蹈。

记忆恍如坦塔罗斯退避的水,
靠得越近,离得越远。
那单手悬吊在球门横梁上的男孩
为时光的倒流喝彩——

一群中学生嬉戏在云端。
小如针眼的火车站退向大地深处。

七月炎热的早晨,一对少年走进柳荫,
天井湖公园旋转着上升,变成遥远的星宿。

视网膜上石化的人像
孕育更新夏季面庞的激情。
时间,热爱终点,
一次次跃入星空的形象更新着我的诞生。

2018

晨光将我轻轻放下

晨光将我轻轻放下,
为静谧时刻所遗弃的灵魂在会集。

笔筒里的钢笔跃跃欲试,
怠惰的思想蛰伏在压扁的肖像画里。

安详的石灰墙壁隐藏词语的暴动,
书籍怀着对运动着的世界的哀伤默默不语。

老庞德紧闭双眼不忍直视,
圆镜子捕获一张嬗变的脸。

——厌倦和忧愁在其中交战,
灵魂对肉体的挤压达到极限。

防盗网上破烂的马口铁皮微微闪烁,
苍白的月亮浅浅镶嵌于蓝色天空。

围墙外,在城市的朝霞之海上,
拥挤的路人独自漂泊。

2018

把别人舍弃的给我

把别人舍弃的给我,
把不曾整理的抽屉倒掉,
我不会牵挂什么。

来吧,过往的噩梦
赋予平坦的生活怪异的情节;
来吧,渗透在钟点里的寂静和妄念。

我不会颤抖,
哪怕冬天在锤击它的铁砧,
哪怕冬天披头散发在雪地上奔跑。

溜冰少年在风中划着弧线,
湖水来不及掩饰冰层的惊慌,
枯树枝循着手指窥探宇宙的奥妙。

白昼在树冠枯萎。
傍晚时分,伴随着堆堆荆棘之火,
颂歌从地平线上升起——并不献给任何人。

抹杀一切的庆典卷土重来,
觊觎时间无法战胜的事物,
——我埋首于缩小的童年。

2018

时间的车辇停靠在童年的泉眼旁

时间的车辇停靠在童年的泉眼旁,
我在黄昏的锈迹和心灵阴沉探测的对比中发现了它。

盛大的青春在日晷上缓慢移动,
诗句迅速旋转的齿轮,割裂晨昏。

耻辱在晴空下笔直地站立,
逐日的夸父,你的汗液养育了我。

大地奔跑的节奏滋生夏日,
密集的鼓点驱赶众生前往不周山下。

2019

冗长的独白已近尾声

冗长的独白已近尾声,
小丑在叹息声中退场。
我们手挽手登上楼梯,
粗糙的掌心传递着倔强的密语。

鞋跟叩响花岗岩石阶,
回声在空谷里悠游。
夕阳挂上血红的幕布,
被孤独镂刻的雄鹰迷惘地追寻。

锈迹斑驳的大门敞开着,
硕大的水晶吊灯兀自高照。
角落里的衣帽架形单影只,
长条桌上的两排不锈钢刀叉闪着寒光。

城堡里空无一人,
烟灰缸里依旧升起袅袅青烟。
这无人盛宴的恐怖气息一如当年,
而我不再瑟缩不前。

你脸上的皱纹写着豪迈,
那是优雅诗句养育的勇气,

那是旷野上凌厉的风雕刻的灵魂，
在望不到边的祁连草原上铺设天堂。

我们继续攀爬到顶楼，
俯瞰幽寂的山谷生成雾霭和瘴气，
我们点上烟猛吸一口，
然后一起朝着远山和屋顶喝斥：

出来吧，
——从墙壁后，从床底下，从内心的阴影里，
祛除阴谋和伎俩，
像男人一样戴上这顶紫荆冠。

——回声在应答我们：
洗劫空洞的盛宴，
洗劫虚张声势的彩饰，
洗劫这末世的颓靡和伦理的残局。

——你累了，紧握的手在松开，
那就前往我们的朋友惠特曼的山间小屋，
在他的呼噜声里休憩。
剩下的让我来——以坦率的话语锻造筋骨。

2019

天空倾倒夜色

天空倾倒夜色,深渊追赶群氓,
前方,地平线在闪烁
——诱惑之路直冲远山。
用遮光布蒙着头,也许会安全些。

这就是慰藉我们的贫瘠的白昼?
打开百叶窗,阖上笔记本,
给我支撑生活的光柱,
给我活下去的理由!

打桩机震得大地发颤,
窸窸窣窣的市声可恶又可怜。
魔鬼充满活力,
同情心是侮辱。

既不能沥干荣誉的水分
又不再享有词语创造的安宁。
起伏吧——
因厌倦而战栗的心。

披盖着花格子浴巾,
头发湿漉漉,

——我从未这样狼狈过。
谁让你试图驱赶身体里漫游的野兽?

我不愿为烟灰的滑落而啜泣,
我只是有点不快。
盯着白纸发呆——
晦涩的情愫招引来禁欲的写作者。

2019

哈弗尔河边一座无名士兵墓

三只钢盔挂在木质十字架上。
你的身躯变得矮小,你痛苦的形象变得滑稽。
你望着河滩边享受夏日阳光的女人,
虽然不合时宜,但你是守望日常生活的稻草人。

女人们穿着两截式泳衣,
其中一个翘起双腿,摆出受孕的姿势。
更多的女人望着河面,
安静地领受微风的抚慰。

远处,孩子们在水里嬉戏,
而欢笑在你的听觉里是无声的。
一艘皮划艇从旁边默默经过,
很像刚刚从水里探出头的潜艇。

对岸是郁郁葱葱的树林,
不再有子弹划出杂乱的红线,
不再有恐惧,不再有嘶喊和哭泣。
它们停下来,再次成为抽象的彼岸。

你的身体浅浅地匍匐在泥土里,
肩胛骨好像要突出地面。

插在你坟前的花束已经干涸，
只剩下几根粗黑干瘪的花柄。

庸常生活里的喜悦令人困倦，
你终于明白，你配不上自己的死亡。
环绕在你周围的那些小花
是站起身拍打屁股上沙砾的女人祭上的。

也许她们刚刚在你面前鞠躬，
脑海里快速回闪着瓦砾和染红的绷带，
而下一秒，她们即转身走向河滩，
朝向天空的脸嬉笑着，为你寒碜的坟茔增添一丝庄严。

2019

梦的投石器砸中的人

梦的投石器砸中的人,
淹没在旧公寓楼黑暗的水泥楼梯中。
你瘦削的背影勉强抵挡着暮色,
而短发宠溺的脸庞朝向六月的天空。

从墨黑的苏州河边的小餐厅出来:
记忆胡乱挑中的瞬间的亮斑。
那是前女子中学局促的校园,
红砖的拱门摄取了一张旧照片。

可我们并不相识,
身体曾经靠近,而书在一直提问。
哦,少年纯真的愚昧让人无语,
夏日愈发繁茂的法国梧桐激起了怜悯。

2019

雨丝穿透芒果树冠

雨丝穿透芒果树冠,
摇摇晃晃滑向篮球场上的水泥地。

雨丝缝补天地,
锻造箱型空间码放孤独。

倾向于窗户的脸预见了未来,
恍惚中你在铺满落叶的道路上骑单车。

药瓶戳在痛之表面,
当你试图抹平时间的坑洼。

乌云的副歌被雨声构思,授意过往,
洒向痴望着的雨的旁观者。

2019

词语掉在纸上

词语掉在纸上
震慑空寂的心灵。
你的形象就此被描画
无从更改。

像凸面镜
携带一个不易觉察的笑靥,
事物的深意
——以缄默之名探究。

当你在说,在写,
词语的缆绳将你拖离深水区。
声音是救赎,如同一缕夕光
撑开被黑暗锁闭的世界。

2019

拉大提琴的姑娘

在临街客栈的小院里,
一个穿玫瑰红羽绒衣的小姑娘在拉大提琴。
她低着头,琴弓在琴弦上自如起落,
马尾辫轻微地摇动。

音乐给她的动作镀上了一层金。
她纤小的手仿佛掌管着光的开关,
过往幸福的画面在她的指挥下列队,
——如同运动员入场时轻轻跳跃。

音乐从她指尖流出,
山间的泉水向万物流泻:
石凳,电线,水泥柱,繁茂的龙眼树,生锈的铁围栏
——都被装入镜框。

路人停下匆促的脚步:
一个戴帽子的老人弓着背,用肘撑在腿上,
几位妇女安静地站着,
有一位举起手机,想拍照又怕打扰别人。

他们的神态仿佛有神灵进驻,
静谧的喜悦写在脸上,潜入心中。

他们想起什么——
童年的吃语或者爱情刚破土时的电光石火?

一条街之外,人流熙攘,
导游挥舞着小红旗吆喝着,
可就在一瞬间,
音乐突然将他们置于没有重量的宁静中。

音乐给万物施了隐身法,
只剩下小姑娘盯视着琴弦的侧影。
拉琴的手渐渐模糊,
玫瑰红的羽绒衣渐渐模糊——

世界在乐声里旋转着变成一个物体,
沟壑被填埋,褶皱被抚平,
最终,倾听者也消失了,
只剩下那声音的漏斗,吮吸着黑暗。

2019

骤雨中的父与子

宠物店里的小狗吠叫,
一种预感使父子俩加快了脚步。
此时,几点雨滴犹如刚跑过马拉松的士兵
颓然洒在头顶。

父子俩试图穿越不远处的斑马线,
寻一处避雨的屋檐。
而红灯瞪圆眼睛,
阻止着,令万物裸露在雨的暴政下。

利用这被拉长的一秒钟,
雨滴的千军万马倾泻而至,
胡乱挥舞着光的刀片,砍劈着
楼房、街树、电线和躬身躲避的路人,

好像在为那些被焦渴吸干的传令兵复仇,
或者为突破天空的围剿发起最后的冲刺。
父子俩继续在斑马线边等候着,
忍受着雨的鞭打。

汽车雨刮器无助地滑动,
像命运之手左右摇摆。

父亲把小儿子拉扯到背雨的一边,
孩子则紧紧抱着父亲的腰部。

绿灯踩踏着红灯的尾巴、脊骨、脖颈,
终于到来——被否定的人生得以继续。
熙熙攘攘的闹市
在大石块般的雨声压榨下变成静物。

紧紧搂抱着穿越斑马线的父子俩
是这硕大静物唯一移动的前景。
雨的刀片依旧锋利,雨的呐喊依旧鼓噪,
但骤雨中的父与子已经越过这生活中的又一道激流。

2019

徽 州

山岭用险峻的道路玩耍"翻绳"游戏,
当它累了,缠绕的线条
堆积成金黄的稻田。

洁白的山墙衬着灰绿的树,
亘古的天空下,时间止息,
田垄上的人影是自然的点缀。

推开深宅大院的木门,
推开一重重黑暗,窗下田野的反光
连接过去故事的线轴。

静谧且不安,
沉醉兼惶惑,
一种腐败的气息在木头的纹理中延宕。

一个农民在镜中播撒稗子。
色彩吞噬物体的轮廓:
意识中的盲区——没有投影的爱。

2019

百老汇塔

不断后退的地平线拽直眺望的目光。
远景暗含期待,
通过杂乱的树林和稻田挤压你。

天空放低铅灰色的云层,
仿佛被派遣的黑脸膛的侍卫,
不再以优雅的外表掩饰狂野的心。

风的男主角挺立在田野中央,
故事的残片肆意飞舞,旋即不见。
风声摇撼这片颤抖的土地——空洞的舞台。

千百年,它已扫清所有障碍,
你的到来,只不过
增添了它在耳廓般的山谷里嬉戏的乐趣。

关于人,它
记得几声尖叫和叹息。
你不敢出声,唯恐辽阔本身突然抓住你。

倒伏的荒草在脚下柔软地起伏,
一个运动的世界接牢上天的赐予,

如同单筒望远镜将我们的焦虑传送久远。

百老汇塔在此屹立已近千年,
它吸引人们来到这里,成为风的缨穗,
——大自然的消遣就是这么古怪。

2019

肃穆的教堂尖顶掌管天空

肃穆的教堂尖顶掌管天空。
往一旁看吧,
从死者的墓碑移开,
一大捧百合掩映着圣像。

别再念诵旧日的赞美,
别再触碰从疤痕上新生的肉,
让他们安睡,
祈福葬送所有的忐忑。

沃克斯豪尔轿车像红色删除键
在金色的稻田间疾驶,
——以被词语摁住的狂野
删除呆滞的牛头。

时间轻轻流逝,
决不返回,如同
收款机"咔咔"吐出的货物清单般真实。
——是的,一旦告别就是永远。

此刻被生下,
打开的黑暗子宫,

尴尬，突兀，丑陋，
你用力一想，就会发现和死亡无异。

> 2019

去罗素故居

在中产街区的包围下,
里士满公园倔强地保留精致的蛮荒。
隔着破旧的大铁门,
人在过去和现在之间被大幅度抛掷。

群星的拱廊压弯树梢,
旅人的脑海里刮起风暴。
粗大的橡树朽木被百年前的闪电击中,
躺在草丛中,从没挪窝。

这是树木向土地致敬的方式,
倾心,直至回到石头的怀抱。
那永恒的重力
从星星的池塘拖拽一条金色的大鱼。

骑行者飞驰而过,
铲形头盔描画风的形状。
碎石小路上,穿红色绒裤的
中国男孩将太阳帽奋力扔到空中。

几只麋鹿眼神呆萌——
今天是什么喜庆日子?

据说,你在这里度过童年,
公园深处,那幢小巧的白房子如同玩具。

草坪承载嬉戏的幻影,
你的孩子参与其中——一架拉开的手风琴。
如今,几位英俊的园丁草地旁休憩,
平和的目光追踪漫游的野兽。

在咖啡馆户外座位稍坐片刻,
天地间垂注的亲昵充溢心间。
一对跑步的情侣经过,
在他们大声争吵中也有一种奇怪的慈悲。

我们都是中年得子,
孩子将我们的视线拉向地面。
我们看见尘埃,
我们看见生命卑微的循环。

2019

佩恩斯威克

这山顶上盛开的科茨沃尔德之花,
顺势流淌天空之蜜。
家家户户的小院里花开得正艳,
犹如郊外草地上切割来的地毯。

我们的到访
像是伸进画中的眼睛和耳朵。
心跳应和静谧的召唤,
沿着斜坡一路向下,沉入梦境。

邻街传来救护车的尖叫,
我们停下脚步贴近墙壁,
嗅闻到窗台上浅浅的人的气息。
——这里怎么会有病痛?

怎么会有死亡?
僻静的街道努力遮挡着什么,
那是和我们生活的城市里
一样的厌倦和衰老。

一块较大的平地上
矗立着古老的哥特式教堂。

小镇钻石般的光芒蒙蔽了日常的尘垢,
本地人坦然建造自己美丽的归宿。

周围,九十九棵紫衫修剪得整齐,
好让死神顺畅通过。
在绿叶的拱廊下,
路过的人停在永恒的一刻。

2019

伯克利城堡

从中世纪风格的客厅望出去,
仿佛是墙壁上古老风景画的拓片——
草地、羊群、阴云低垂的天空,
防波堤般的树木阻挡着稻田金色的洪流。

寂静绊住时针行进的脚步——
它们耽搁在那里已近千年。
我们的到来像是夜幕上罕见的一道星光,
唤起数个词语在宇宙的大锅里翻腾。

门楣上两个壮汉雕像半跪着进献礼物。
把手上垂挂着一个痛苦的头颅,
飘散在空中的嗜血的主人
好像还在盯着门框里的一团黑暗。

隔着铁质窗格栅,
可以俯视并不太深的地下室。
长条桌上摆放着烛台和颅骨,
一个人形雕塑恭敬地俯身坐在桌旁。

那就是传说中
被虐杀的爱德华二世吗?

我们走出夕光笼罩的城堡,在怯懦的
田野边的炮台上坐了一会——安稳心神。

空气里飘荡着时光的佳酿。
天地施展它柔美的戏法,
但也不忘将杀戮藏于阴暗的内心。
——"我不喜欢这里,我们走吧。"

2019

斯特劳德

小轿车停在倾斜的停车场,
尖顶房子密集地排列在阴云下。
我们终于重回人的城镇,仿佛刚刚经过的
佩恩斯威克是花朵和神灵的国度。

红色织布作坊遍布全镇,
寂静蚕食了过去机器的轰鸣,
却凸显出镇中心星期天集市上
长发歌手粗犷的歌声。

几天来,我们首次置身于人群中:
一位女士将墨镜勒在黑发上,仰着脸喝罐装可乐,
一个金发男孩在父亲的肩膀上戏耍,
一位银发长者坐在台阶上,打量着周围。

一切都是这么亲切,
我们在简陋的服装店试穿长裤和衬衫,
我们在路边小店购买了一串新鲜的番茄,
我们在露天餐桌上吃面包和薯条。

天空退向深处,田野躲到远方。
小商贩说他们凌晨四点就已经出门干活。

三明治摊档的档主热情给我们介绍：
"从这里到海边，只要两小时车程。"

勤劳的人民，
在神性的天地间注入慰藉。
经过大自然猛烈的拥抱和训诫后，
我们重归人的故乡——平静安详。

2019

博物馆里的蓝鲸

在博物馆高大的拱廊下
一具蓝鲸的钢铁骨架展翅欲飞,
可胸前蛛网般的钢丝
勒紧这野性的冲动——绳结扯成三角形。

它张开的大嘴像一把大剪刀,
剪向捆绑着想象力手脚的缆绳。
哦,大海,波涛翻滚,鱼群追逐,
它在其中嬉戏,它记得那种快乐。

夏日有劲的阳光透过彩绘玻璃窗冲进来,
甩掷颜料,涂抹凶狠的线条。
——那是潜伏在暗夜脑海里的阴谋,
谁会管它生前只吃小鱼小虾。

那褪去生命的骨骼多么空洞,
隆起的肋骨
勉强拥抱凝滞的空无。
孱弱的鳍骨像溺水者伸出水面的绝望的手。

脊骨迅速萎缩,蜈蚣般弹向身后。
经常露出海面,掌管航向的尾鳍,

则不知去向，顺便将主人
遗失在这更适合祈祷的展厅里。

孩子们成群结队，打着"V"形手势，
和这狰狞的怪物合影。
孩子们仰望它，露出微笑。
——恶在天真面前总是显得难堪。

我经常想起它，在晦暗的日子里。
它藏匿的凌厉的死亡，引领记忆——
想象的脂肪填塞骨架的孔隙，
恢复它游弋于爱尔兰海滨时的笨重和呆萌。

2019

邱园里的中国塔

五万种植物聚拢在此
将市镇的喧嚣推到远处。
在隔绝声音和时光的空间里
突兀地摆放了一座消瘦的中国塔。

汉普顿宫匍匐在地,仰望你,
你是天空敲入大地的一枚钉子,
——将泰晤士河和珠江钉在一起,
美丽和恐惧构成对称的两翼。

建筑师从广州带回赤岗塔的幻影——
它精巧的拱门和逐级收缩的十层塔身。
褐色砖墙垒砌愁眉不展的庄重,
屋檐下整齐的白色线条刻画它内在的秩序。

没有飞檐,没有雕梁画栋,
没有绝句和律诗述说思乡的情愫。
你是钉入另一种文明里的楔子,
以时尚之名卡在浅薄的趣味里。

檐角,数十条蚯蚓般的飞龙俯冲,
摆脱笼罩它数千年的祥云,

裸露恶的本质,张着血盆大口:
啊,啊——却说不出一句话。

2019

我们挥洒汗水和四季

我们挥洒汗水和四季,
烈日摇晃凤凰木粗壮的树干,
细碎的阴影倾泻在湿透的背脊上。
我们拔下枯萎的日本海棠,
扔到垃圾车上运走,
再弯腰,埋头,挖松土壤,
种下花期更长的格桑花,
然后看着它从花蕾慢慢舒展成花朵。

雨水使之振奋,阳光使之温暖。
一辆辆汽车呼啸着经过时,
它们止不住颔首致意,
没有人注意这来自角落里的示意,
——这有什么关系?
它们活在自己的喜悦和卑微里,
它们在微风里轻声哼唱歌谣,
我侧耳静听,不由得入迷。

市民们涌入城市公园——
草地上撑起蓝色的帐篷,
两颗树之间飘起橙色的吊床。
孩子们在追逐,女人俯身在花丛中拍照。

而我只管给我的花孩子浇水、施肥,
看着它们一点点褪色,
从盛放到凋零——
完美的循环围拢着恢弘的天象。

静观一朵格桑花的开始和终结,
一张脸在树影里出神:
我们都是大地的租客,
偶然踏足这块土地,
在其中留下凌乱的足迹,
来不及收拾,又要离去。
而蓬头垢面的小卡车上,鲜艳的锦葵
跃跃欲试,准备接力这喧闹的生命。

2019

铁轨在月光下闪着寒光

铁轨在月光下闪着寒光,
高加索山脉模糊的影子
在身后举行秘密会议——拉紧帷幕。
多少次经过这里,
在奔驰的火花喷涌的火车上,
一切仿佛都拖着彗星蓬松的尾巴。
伏尔加河三角洲腾空飞起,
雪鹭扇动洁白的翅膀,
童年在金色的旅行中重返湛蓝的天空。

在哈萨维尤尔特车站,
我被伤兵和小商贩挤下火车。
我拖着笨重的身体,
沿着铁轨的指引勉强往前走。
旋转的星空缓缓停下来,
月亮犹豫不决,脚尖踮起又放下。
星星不解地眨眼,
看着我,这个孤僻的人,
这个被风暴推上王座的人。

远处,紧追着我的梦
在黑色的大铁锅里翻滚。

疾病，医院颓败的院墙，
契卡头目不怀好意紧盯着
皱巴巴的笔记本上胡乱涂抹的诗行。
这是最糟糕的时刻吗？
光辉的诗句在惩罚整个俗世，
我在惩罚命运，如果
小丑在裤脚上烧出几个滑稽的孔洞。

来吧，来吧，
扑向我怀中的裸体的秋风。
索性脱掉黄色短外套，
我奋力甩掷语言的抓钩，
深深嵌入国家溃烂的肉体，
我得以跨越四面八方的空间？
枕木羁绊我，铁轨有力的双臂拥抱我，
在沿途休耕地扎脚的地毯上，
我往前走，我攀爬在倒伏的峭壁上。

2019

钥匙在锁孔里转动

钥匙在锁孔里转动,
我从昏迷中醒来——
一张木板床,肮脏的秸秆,
一扇极小的铁格栅窗透进犹疑的光束。
地上摆放着一碗酸菜和烤土豆皮,
上面长出的芽像灰色的蠕虫。
此时,一阵密集的枪声响起,
垂死之人的哀号混杂其间。
我勉强想起卡车被榴弹袭击时的巨大轰鸣
和黑暗降临时的瞬间慰藉。
我被救起,在两座悬崖之间。

——"你站在哪一边?"
——"你相信什么?"
简洁的问话犹如等待签字的死刑令。
夕阳的余晖照耀远处哥特式教堂的尖顶,
我倚着弹药厂的矮墙重新堕入梦乡。
当红军再次发起强攻,随溃败的
捷克士兵,我挤上奔向西伯利亚的火车,
漫长的七千公里铁轨像一大捆电线
懒散地滚动在针叶林地带。
河流奔腾红色的浪花,无垠的

雪原中点缀着死寂的没有活口的村庄。

这是厄运之年,杀戮
是驱动时针和分针运转的齿轮,
四溅的血涂脏了史书的册页。
如此广阔的天地
容不下一个受伤的短头发的女哥萨克,
也容不下自由孱弱的背影。
这是厄运之年,苦难是大地的食粮,
而大地是死难者钢铁的祭坛。
在符拉迪沃斯托克,我登上南下的轮船,
我死死盯着那些起伏的屋顶消失在天际,
这是厄运之年,通往天空的路径已被尸骨封死。

2019

"对于你,那里如同月球。"

"对于你,那里如同月球。"
你浓密的睫毛像一把黑刷子,
清扫着夜空,星星的
碎片被扫入天边的垃圾铲。
说话间,朗姆酒的厚瓶底
顺着脊柱一点点下滑。
我手足无措,话语硌在牙齿上。
公路微弱的反光追逐
打着漩涡的黝黑的河水。
大西洋近在咫尺,
却是一片空旷的牢笼。

锃亮的尼桑车在游荡,
小镇短短的商业街
像是脚指头撑破的袜子。
我是夜晚的守门人,眼见
酒吧喧闹的音乐迅速
淹没在牧场浓重的腐殖土气味中。
你为夜色簇拥,不能阻止时光穿越。
故乡犹如无形的紧身衣,
我能去哪里?我的姑娘在哪里?
从夏日性的高峰奔流而下,

然后,一根风筝线将她牵走。

我不知道情欲的火苗
如何烧成燎原大火。
我不知道一夜偷欢
如何变成一生的负累。
在一个梦里,我在鹅卵石河滩上
奔跑,呼喊你的名字——
我在穆尔河上扬帆起航,
破旧的小舢板冲入月光下的大西洋。
银色的颂歌在海面上响起,
小爱神已入眠,
而你是永在跳动的心脏,远在月球。

2019

我是音乐沙龙里正襟危坐的贵妇

我是音乐沙龙里正襟危坐的贵妇,
我是床榻上扭动的荡妇。
我同时爱着他们,
哪一个也不用否定。
昨晚,在爱情即兴演奏的狂想曲中,
我和我的诗人依偎在一起,
他的手携带着月光抚摸我的身体,
他的嘴吮吸我的耳垂犹如口含朱玉。
哦,肉体战栗的陶醉融化心灵,
模糊视野:他们列队向我走来,
横越前往帝国议会的工人队伍,
每一张脸都因为狂喜而变得痛苦。
出自灵魂的贞洁向我索取爱情。

我喜欢这样的爱情接力,
男人们全速奔跑,
街树、商店、田野和星空也在奔跑。
从沉寂生活刮起的风吹动我的裙裾,
也吹动我房间里透光的百叶窗。
床单在喘息,手尽可能伸得更远,
我喜欢持续冲刺抵达的窒息的幻象——
我从大地上漂浮起来,

他们均匀地托举着我的四肢,
送进四季强有力的生殖循环中。
莫非这就是人造天堂?
我喜欢置身于爱的激流中,
身体被性的风暴席卷,一次又一次。

婚姻?这是国家批准的暴力结合,
我喜欢契约废弃时的无根的欢娱。
没有屏障的关系,
反倒令相爱的心亲密无间。
我喜欢有创造力的男人,
他们的大脑就是最性感的器官,
令我在想象的喜悦中达到肉体的高潮。
我不愿忠诚于某一个男人,
我愿意钟情于他们的所有。
爱的碎片拼凑不起完整的轮盘,
命运旋转,谁知道停在哪个时刻?
我急速的心跳
只要求旋转,旋转,一刻不停。

妒火是爱情的柴捆,
当我同时爱着他们每一个,
每个人心里的火焰也将熊熊燃烧,
好一场炽热的爱的盛宴,
有如高明的艺术家
雕刻出激越情感的每一寸细小的纹理。

我的建筑师无法面对这一切，
不得不转身投入阿尔贡森林残酷的战火，
他被火光照亮的身影多迷人。
我的诗人站在圆环路的长凳上向群氓发表演讲，
制服被扯烂，全身是土，
散发着劣质烟酒的味道，
可我不管不顾将他的头拥在怀中亲吻。

革命，虚假的革命；
战争，野蛮的战争。
它们和我有何干系，
不过是凸显我的男人英俊面容的显影液，
而赤诚之爱也将我的灵魂推至临街的橱窗——
供人观赏或者羡妒？
我无所畏惧，我的爱情穿越俗世的一切，
笔直地升向高空，
得以怜悯之心俯瞰一个时代的废墟。
我渴望燃烧——被音乐激励，
被绘画描绘，被诗歌赞美，被建筑凝固。
我渴望燃烧，在我的所有男人面前，
我渴望升腾，尖叫，诅咒，直至凋零。

2019

大地千疮百孔

大地千疮百孔,
缀满千家万户辉煌的补丁。
大地站不稳,沉浮着,
从建筑物的缝隙里吹来一阵阵风。

我不是城市之神,
我只是亿万普通市民中的一员,
但这并不妨碍我
踏着东塔和西塔这两条细腿,蹒跚走来。

神灵,让它见鬼去吧。
来摸摸我的胳膊,还有点肱二头肌,
来摸摸我的肚腹,还很柔软。
向他们大声宣告——我就是一个人。

尽管我的肩膀已经升入云端
我太高大,被无知的人们讥笑。
我可怜他们,一群侏儒,胆小鬼,
一边傲慢地拨开抖颤的云层。

我倒要看看你们这些忙碌的失魂落魄的人
在玩什么把戏。

轰响的乌云老是糊住我的眼睛，
我要俯下身来——

远处，黄埔大道像一条璀璨的光的河流，
翻滚着小汽车的漩涡和呼救。
地铁站黑洞洞，深不可测，
呕吐出蚂蚁般的人群。

他们在黑夜里走散，
他们走进餐厅，走进酒吧，走上人行天桥，
（护栏上开满俗艳的三角梅。）
他们走进悬吊在半空中的家。

我打着呵欠，双手交叉活动手腕，
惺忪的睡眼慢慢有了光彩。
而空旷广场上射向空中的光柱
则让我的脸变得有些粗野。

心存畏惧的人，走遍大地。
你们害怕什么？
为什么要躲藏在广场舞庸俗的舞曲里
抹掉你们的个性和语言？

哦，快收起你们战战兢兢的尿样。
你们是在拿《西海情歌》当耳塞，
你们害怕真实的声音——

就像刀片在教堂的彩绘玻璃上慢慢划动。

流浪汉们，家庭主妇，
被 P2P 贷款折磨得死去活来的金融难民，
听我的——取下拳击套，
用裸露的拳头击碎黑夜的铁面具。

去夺回狰狞，送走温顺，
打捞反抗者沉入河底的勇气和坚韧。
你们行，你们可以，
你们恐惧，只是因为腰弯得太久太低。

我不只是好奇心泛滥，
我不只是想看你们
在这嘈杂、漠然的城市里如何苟延残喘？
穿透城市的骨骼，扫描流落人间的天堂。

我不是城市之神，
除此之外，我什么都是。
我是惨白路灯照耀的无精打采的紫荆树叶，
我是相互照射的镜子里重叠的幻影。

我同时是肮脏的下水道和
空洞的市政厅。
我是高挑优雅的电灯杆，
我也是在寒风里埋头骑车的快递小哥。

我帮你保守秘密，
也就是为我自己保留一个幻想。
时间并不存在：
密集的城市街区像手风琴一样打开——

我看见佝偻着身体清扫落叶的老妇人，
她身边的绿色垃圾桶里堆满了精神怠惰的污渍。
我看见躺在肮脏的病床上艰难呼吸的病人，
蜡黄的脸，覆盖着油污的八开报纸。

我看见坐在江边石凳上发呆的小伙子，
是怎样的痛苦将他从办公室里驱赶出来？
我看见会议室里昏昏欲睡的职员，
他们的恐惧写在声嘶力竭的口号反面。

请告诉我，你的苦闷，
请随起落的木偶细线舞蹈——
下岗工人、失恋少女，
还有被作业本压弯了腰的孩子们。

哦，听，天边传来隆隆的雷声，
乌云翻滚着涌向最明亮的塔楼。
心里的呐喊劈开建筑工地轰隆的噪音，
像铁锤砸在歌剧院的弧形屋顶上。

我一屁股坐在水泥台阶上，
哎，耷拉着脑袋的丧气的人，
我要和你谈谈，就像
仙人掌向海洋倾吐它的烦恼。

你的爱人从不停闪烁的微信里消失了？
你的孩子沉溺于电脑游戏，
不好好学习？或者你的心始终
封闭在黑暗的胸腔，找不到投契的伙伴？

抬起头，四处张望，
看看主城区高楼大厦的五彩灯光，
虽然它们根本不是天幕上永恒星光的对手，
它们也在燃烧自己。

奋力从自我的牢狱里跳出，
以短暂的强光，照亮
晦暗的门可罗雀的商场。
照亮郊区安静得瘆人的精神病院。

——我曾经和你比邻而居，
无数次经过时，我忍不住向里张望，
茂密的绿色植物比划着禁止的手势。
穿蓝白间条衫的病人悠闲地散步。

我曾经以少年的无畏和狂想

戏谑地鞭打时光的陀螺。
嚎叫的画面——闪过,
爱情的重影垒叠在霜冻洗白的底片上。

我到处走,逆着人潮,
相伴的人影像星光消失于天际。
从千百个故事中剩下我自己,
——这是怎么了?

黑夜的幕布不言不语,
整座城市收缩为一粒种子。
千万张面孔收缩为皲裂的球面,
亲昵的叫嚷变成回声,飘荡在宇宙的深渊。

让我们升起一把云梯,
去攀爬星星的堡垒,
从更高处,我们抛洒命运的骰子,
以器皿里欢快的蹦跳,打乱宿命刻板的秩序。

         2019

亚洲,辽阔又脆弱

亚洲,辽阔又脆弱,
走过的人闪耀在黯淡的天体上。

亚洲,这月亮的舞台
铺展它无尽的热情和暴虐。

当眼光从昆虫的迷惘上挪开,
亚洲正在扇动巨大的翅膀。

舞动——宇宙黑暗中生辉的心,
为广袤的土地提供生命的节奏。

河道交错的恒河和扬子江,
用蘸满墨汁的刀剑划分热带和温带。

一位头戴褐色围巾的妇女
抹去喧嚣的征伐的血腥。

一位沉静的教士,穿过
耶路撒冷的前厅到达加德满都的后院。

不分彼此的近邻,

热烈相望,并不靠近。

你永远的兄弟,埋在手心里的脸
隐藏喜悦或者悲伤。

大幕升起,大幕落下,
草原上留下雨水和食粮。

想象力愤然跃起,一只巨鸟
栖落在纤弱的词的枝杈上——亚洲。

         2019

我终日躺在弹簧外露的旧沙发上

我终日躺在弹簧外露的旧沙发上,
小口喝杜松子酒,
眼睛盯着电视——
庄严的女主播正在述说人类的痛苦。

透过变虚的画面,
我看见往昔——
我丈夫的脸在小屋的黑暗里漂浮,
自鸣钟的钟摆在和他嬉戏。

十年前,隔壁谷仓着了火。
小马驹乱哄哄嘶叫,
他吆喝牲口时心脏病发作。
对,他死了,不能再用拳头狠揍我的脸。

可那个嘈杂的声音
一直在我的耳廓里游走,
试图从生命的任何罅隙里进入我。
我知道,那是诅咒存在的方式。

我不爱他,但无法摆脱,
死亡也于事无补。

灵魂的空虚也许比拳头更加有力，
——在对肉体持久的伤害上。

酒精缓解了我的痛苦，
也使我的感官变得麻木。
当我转向窗户，
我看见山坡下奔腾的溪流

冲下黑色的礁石，
在密匝的灌木丛中左右腾挪。
敏捷的身姿，闪光的傍晚，
让我想起不连贯的童年时光。

哦，不，我没有想起，
是它们寻找到我——
一个满脸皱纹，眼袋耷拉着的老妇人，
一个在卡戎的船上来回摆渡的他者。

2019

撕开苍穹

撕开苍穹,
我看见唯一的路——从远开始——
向上隆起的脊柱,
途中与你相伴的荆棘。

白云托起鸟的羽翼,
回望温暖的童年
闪烁的火——
盖上大地四处漂泊的邮戳。

2019

朝北的路上
　　——给凤鸣

朝北的路上,
我们从未见过的马驮着你走远。

哒哒的马蹄声,踢踏着你的宿松口音,
回荡在铺满红叶的归途。

在你诗句里永生的枫香驿
只是将你挽留了一会儿。

你骑在马上,有点疲惫有点歪斜,
我真想扶你一把。

驿道一程又一程,
带你到时间深处——

那火和月光的故乡。
你在四个方向上朝我诉说,诚恳又坚定。

——你在说什么?
为什么我不再能听见。

酒和茶水

已经摆放在浅浅的草上。

来凤鸣,我们喝一杯,
在天堂的肃穆里,不一定会有老友亲切的酒席。

2020

光滑的大理石倒映你的娇躯

光滑的大理石倒映你的娇躯,
脚步旋转,旋转,继续旋转——
在枝型吊灯投射的巨大光影里,
在惶惑和幸福的轮流驾驭下。

被丘比特的金箭射中,
你的笑容突然凝固。
银色饰物在耳垂上闪动,
你的心摇荡,随着圆舞曲的彩色洪流。

闭上眼睛,
你感觉被抛上壁画装饰的穹顶,
再落回到一身白色制服的男人的怀中。
他是谁?管他呢,谁让你晕眩就跟定他。

2020

完全的自言自语

完全的自言自语,
远方在倾听。
窸窣的声音
从夜幕折叠的丝绸上滑落。

对于时间蜿蜒的耳廓
可以说得更无声。
你滔滔不绝,话语
在乌有之事里溅起水花。

旁若无人地说,
仿佛每一扇窗户里都坐着一个倾听者。
嘴唇变得柔软,圆满地张开——
话语在接生它自己。

2020

夜晚从黏稠的黑暗里

夜晚从黏稠的黑暗里
画出自己清晰的轮廓。
词,从口腔弹出,
模拟宇宙秘密的欣喜。

低沉的怒吼贯穿天地间,
耳廓旋转像沸腾的气流。
雨声淹没一切回音,
扑向大地,一去不返。

如果肉体感觉空虚,
你只管投身到光的摇篮里。
影子伴随左右,
时刻准备纠正生命正义的重击。

2020

词在意义的终点分岔

词在意义的终点分岔,
一条流沙里的路在未知中蜿蜒。
世人对此所知甚少,
而诗人也把觊觎当作想象。

诗踏着词的浮萍在水上舞蹈,
诗人愈加小心,唯恐
将它惊吓。而生机勃勃的词
却在独自发动行星的远航。

2020

俯身贴近万物

俯身贴近万物,直到
它们变成杂草般的纤维。
进入即蒙蔽即醒悟——
那里有一重重豁然打开的世界,

向芭蕉叶上一只爬行的蚂蚁学习,
向站着睡觉的马学习。
在自身的有限性里
放逐一个词——伸向未知。

大脑沟回是一片荒地,
梦有时在其中耕作,怠惰的
剧情,抽掉日常生活连贯的脊骨——
地址飘浮,天空降落变成岩石。

语言是胡椒,语言是佐料,
当一个人坠入肉体的地狱,
无言是同情最小的标签,
当鲜红的血从晚霞之杯里倾倒出来。

2020

那句承诺像明晃晃的刀锋

那句承诺像明晃晃的刀锋,
切割桌上变黑的日历。
听诊器闪亮——你在杜鹃树篱
隔绝的花园里发呆——黑暗中仿佛有人在舔手指。

黄色旧夹克衫上隐隐的
樟脑丸味儿,污染了后来所有的日子。
是的,他像一个很久没有打开的抽屉,
珍藏着腐烂的情书和情欲。

晾衣绳晃动,夹在上面的眼睛
注视着:朝向海浪声。
而杂草刻在你跪着的双膝上的印痕
仿佛护栏上的镂花雕饰。

当你在高高的芦苇丛中躺下来,
你记起他手腕上的青筋——他会来吗?
天上,高耸的云吞没了星座,
海涛闲话着你和医生的陈年故事。

2020

一个在夜间赶路的人

一个在夜间赶路的人——
他清理星空的棋局,
将头顶上方嘈杂的星星扫到角落。
他向黑暗赠送书页的闪光。

他大声宣读时间机器运转的秘密,
并为你的无声无息脱帽致敬。
是的,走得越快,字句蹦得越多,
在混乱中连成意义的锁链。

亲密的关系充满距离——
他摸黑走路,躲避水母
透明的身体无节制地膨胀。
你是急行军的队伍中掉队的谜语。

他不想说任何温柔的话,
瑟瑟风声垒起认知的峡谷。
行动的汗水洗涤美的怠惰,
谁都无法保证祝福会变成咒语。

2020

你真是个怪物

你真是个怪物,又把我训斥一番。
你在床上多火热,
你在信中就有多恼怒。
温存像一笔稿债,又像幻影,
在巴黎和珂瓦塞之间闪烁不定。

老相好——尽管你不喜欢这称呼——
你是我的冤家和对手。
当欲火在余烬中再次拨旺,
倦怠将使爱变得冗长,
并确保你离世时我会悲痛万分。

我不懂嫉妒为何物,
我看见阳光平等地照耀在花丛和垃圾上。
我不了解家庭生活的秘密,
如果不把屁股撅向华丽的皇家盛宴。
现在不挺好,陌生的小镇令幽会更加甜蜜。

有时我想说,妓女才是真实的,
她们娴熟的技术隔绝了爱和高潮。
在中东,在北非,在寻访迦太基古迹的途中,
我领略过她们纯正的热情,

我的句子因为羡慕而不安地蠕动。

我从不吝啬于我的刻薄：
拉辛和高乃依只配粉刷厕所的墙壁，
雨果在《悲惨世界》里兜售廉价的同情心。
而对于我，美就是道德——
我想为每个词找到唯一的卡槽，通向实存。

我在日常俗事里收束我的激情，
于是德拉马尔夫人娟秀的形象捆住暴力的想象。
当包法利夫人肚子受凉，
我就去卫生间呕吐。
当她死去——我哀号不止。

我走过一个无尽的寂寞，
勒紧文字的缰绳，越过坟场，向前走。
我同时是沙漠、旅人和骆驼。
句子，一个又一个句子，
连缀成攀爬虚空的绳梯。

我喜欢无所依傍的文字和人生，
像地球凭空旋转，
在这寂静的外省——
邻里叽叽喳喳的闲言碎语让它更加寂静——
我常历数周而不与人交一言。

你知道，激情都是催命鬼，
像搓一根麻绳，将它搓细，
然后分散在每个字句的掂量中。
我的世界在一个句号里终结，
总比在逗号和省略号中苟延更加完美。

2020

大海,我的避难所

大海,我的避难所。
世界敞开它的胸怀,浩瀚的
星光仿佛在向大地许诺永久的安宁。
新月像一片刨花漂在西天。
海平面则如同一块薄冰,
悄悄抵近漆黑的海平线那完美的弧线。

我握紧舵柄,眼盯闪烁的罗盘灯,
驾驶"萨瑟兰公爵号"一头扎进黑暗。
大海仿佛黏住了,停滞了——
仿佛一切都在沉睡,只有船尾被劈开的海面上
千万朵浪花蹦跳着,嬉戏着,
转瞬又隐没于黑夜广大的口袋中。

我渐渐垂下脑袋,又猛然抬起,
恍惚间,海面变身为沃洛格达广袤的沼泽地——
我患病的父母相互搀扶着,
从朽烂的木质栈道上
摇摇晃晃向我走来,
病容上挂着慈爱的微笑。

我想起通往流放地的泥泞道路,

我想起从北极刮来的风

狠狠抽打着茅舍。

我患病的父母和其他流放者，

在简陋的教堂为一个"遇害"的国度虔心祈祷。

我不清楚事情的原委，但我记住了这一切。

午夜的大海有如永恒的葬礼，

以惊人的平静埋葬了所有人的过往，

也埋葬了我颠沛流离的童年。

对于我，陆地就是囚笼，

它如此辽阔，每一寸土地却在驱赶我——

从别尔季切夫到克拉科夫，从马赛到伦敦。

我知道我向往大海，就是向往自由。

大海，无主之地，收纳万千理想的宝匣，

请容留这个被陆地流放的人，

请容留这个在舅舅的训斥和关爱下长大的孤儿。

置身于四望无际的海心，

我可以为自己描画一副不那么悲怆的自画像。

我渴望成为自己的主宰，

而不是用悲戚向命运俯首称臣。

哦，不朽的巨轮，只管向前，

带我踏上通往黑暗中心的死亡之旅，

从一个港口到另一个港口，

在它永远晃动的摇篮里，我重生。

波兰，一颗蓝色水晶碎裂，
波兰，一片平整如镜的海面被刀片划开。
我的心在驶向它吗？
长久以来我已经不再关心崎岖的道路指向何方，
我早已习惯逆流而行，
直到穿越世界懵懂的初始。

为了抵御黑暗和瞌睡虫的双重侵袭，
我开始大声背诵
父亲在我年幼时给我念过的诗篇：
　"我的骏马在干燥的海洋中疾驰飞奔，
像海豚的胸脯冲破汹涌奔腾的海浪。"＊
一种振奋的声音唤醒骄傲：

大海，我的婚房兼墓地，
我的竞技场兼眠床。
大海，我永远的避难所，
月光为我垂下百叶窗，天穹为我盖上屋顶。
哦，所有被深深淹没的生命，不要停止你的哽咽，
从寂静的中心，张开大海的耳朵——

2020

＊　所引诗句出自密茨凯维奇诗歌《法力士》。

闷热的夏夜

闷热的夏夜,泪水从汗水中划过,
开辟一条通向现在的路,遥远又颠簸。
——三十年前的夜晚

覆盖着法国梧桐斑驳的浓荫。
一张因隔绝而生辉的脸——
惊愕,聚拢纷飞的秒针和树叶。

我穿过雨中阳伞的目光
撞见,生命中第一起事故;
平静,如同往事中下沉的玻璃。

繁星的朗读声,
合拢在纸页的黑暗里。
诗句的引擎,拽着你在时空里任意穿梭。

时钟滔滔不绝的倾诉,
被夏夜的逗号阻止,少年噤声——
阅读葆有泪水的清澈和圆满。

2020

外婆倚在门框上

外婆倚在门框上,
门牙的豁口使笑脸更笑。
公鸡站立,母鸡散步,
红砖围墙的院落,广阔如同太平洋。

消化器官上长出的童年——
蛔虫和便秘,如同世界大战般歹毒。
外婆结茧的修长的手指
在我的小肚子上按揉。

雪夜的小诊所,灯光昏暗,
指尖上,一滴殷红的血凝固成灯笼。
疾病,意味着缓慢的童年变得更慢,
意味着时间发条松脱之后的安逸。

——我长大了,外婆的脚越来越小,
像个粽子。我以我的苍老追赶
外婆,她脸上的皱纹
开始变得平坦,门牙的豁口闪闪发亮。

2020

窥视者挂在——

窥视者挂在失眠的地平线的尽头,
像蝙蝠。夜晚的秘密闪着诱惑的光,
不要攀比——日常事物在蒙头睡觉,
警觉的狗吠在天空转圈,尚未降落。

让横空而出的闪电劈开精神的苦闷,
你在密不透风的人群里跌跌撞撞。
你已经准备好——放弃迂回的弧线,
转而投身到直立的暴风雨。

2020

我带来一群孩子

我带来一群孩子,
热烈讨论是否要在高墙上开一扇窗。
有人同意,有人反对。
我问她,后来呢?她说没有结果。

但梦是彩色的,
涂抹着毫无意义的现实——
红的,黄的,蓝的,紫的,
一起揉捏着灰色的慷慨馈赠。

从百叶窗的空隙望出去,
卸下连日暴雨重负的天空跳回深处。
"今天的云真漂亮"——
她在梦的窗外轻叹,仰着头。

多么年轻的感慨

多么年轻的感慨——"我身上洋溢着青春",
奢侈得如同摆放在云端的圣餐。

置身于浩大的天光下,
一颗敏感的心知悉了风的醋意。

大自然残忍的法则支配了道德,
年轻的目光得以投向深邃的天空。

扬起的头颅突兀地
外在于患有洁癖症的墙纸。

轻微的江风塑造着寂静,
专注于此刻那充满张力的运行。

人的感觉变得精致立体,
一种贯穿的力量从脚底升起。

活着,像一棵树,
用忍耐挑选它终生的伙伴;

活着,像一阵风,若有若无,

在形骸脱尽的刹那,认出自我。

虽然是一个人,
但也可能了解生活全部的秘密。

佯装的疑问,不过是让你看清楚
他正在翘起的下巴。

            2020

重返依拉草原

乌云在天空咆哮,
用一只黑手摁压群山的头颅。
青稞田的海洋卷起绿色的波浪,
骑手笨拙地驾驭自我的陷阱中旋转的白帆。

铁质围栏瓜分着你曾经的领地,
瓜分你的贫瘠与丰饶。
藏民操着生硬的普通话,吆喝马儿,
而那只凶猛的藏獒被拴在瘦弱的树苗上。

那一大片长满野花的草地
消失在依拉草原驳杂又荒芜的风景中。
琪丽拉措,慈祥又衰老,
黑暗中端起一杯冒着热气的酥油茶。

2020

题一帧照片

河沿上的女人并拢腿仰身向后,
其他四位青年围着她,喜悦又专注。
两棵塔松在秋日阳光里绿得发黑,
像看守护卫着这日常生活的随意和珍贵。

自行车的辐条闪闪发亮,
撩拨着哈德逊河里轻轻摇晃的柔波。
远处,一座斜拉桥伸展自己的钢铁臂膀,
工厂区的烟囱被挤压在角落里,像一根牙签。

对岸的楼宇静静矗立,
一股浓烟从金融区中心地带升起,
像肮脏的画笔,
涂染着九月深邃的蓝天。

当飞机撞向塔楼时,
五位青年也曾站起,手搭凉棚
朝曼哈顿方向张望。
现在他们安静下来,继续刚才有趣的话题。

2020

图书在版编目（CIP）数据

飘浮的地址：凌越诗选：2010-2020 / 凌越著．—北京：北京联合出版公司，2021.6
ISBN 978-7-5596-5232-4

Ⅰ．①飘… Ⅱ．①凌… Ⅲ．①诗集－中国－当代 Ⅳ．① I227

中国版本图书馆CIP数据核字（2021）第067415号

飘浮的地址：凌越诗选2010—2020

作　　者：凌　越
出 品 人：赵红仕
责任编辑：孙志文
策 划 人：方雨辰
特约编辑：王文洁
封面摄影：廖伟棠
装帧设计：郑　晨

北京联合出版公司出版
（北京市西城区德外大街83号楼9层　100088）
北京联合天畅文化传播公司发行
山东临沂新华印刷物流集团有限责任公司印刷　新华书店经销
字数80千字　860毫米×1092毫米　1/32　7.5印张
2021年6月第1版　2021年6月第1次印刷
ISBN 978-7-5596-5232-4
定价：58.00元

版权所有，侵权必究
未经许可，不得以任何方式复制或抄袭本书部分或全部内容
本书若有质量问题，请与本公司图书销售中心联系调换。
电话：64258472-800